Edgar Wallace

Nacherzählt von Alex Barclay

Das Silberne Dreieck

Band 13: Der musikalische Agent

Edgar Wallace

Nacherzählt
von Alex Barclay

Das Silberne Dreieck
und
Der musikalische Agent

C. Bertelsmann Jugendbuch

Einbandgestaltung: Klaus Renner unter Verwendung
einer Illustration von Charlotte Panowsky
Gesamtherstellung: Mohndruck Graphische Betriebe GmbH, Gütersloh
ISBN 3-570-08 363-2 · Printed in Germany

Das Silberne Dreieck stellt sich vor

Leon Gonsalez ist der Menschenkenner unter den drei Detektiven des Silbernen Dreiecks. Mit Vorliebe studiert er üble Verbrechervisagen, die ihm dann meistens schon bald keine Rätsel mehr aufgeben.

Raimond Poiccart kümmert sich freiwillig um den Haushalt der drei Freunde, ist aber in der Londoner Unterwelt eigentlich nicht durch seine Kochkunst berühmt geworden.

George Manfred ist ein gutaussehender junger Mann, der sich immer dann besonders um einen Fall bemüht, wenn darin eine schöne Frau verwickelt ist.

Außerdem stellen sich vor

Inspektor Philander Dearborn genannt Snake-Eye	ist der erfolgreichste Verbrecherjäger von Scotland Yard, obwohl ihn bei seiner Arbeit oft die chronisch verstopfte Spürnase derart behindert, daß er entweder der falschen Spur nachgeht oder am Ende immer ein wenig zu spät kommt.
Peter Roos	ist der Kriminalunterkommissar, auf den immer Verlaß ist. Deshalb hätte ihn sein Chef eigentlich längst zum Kommissar befördern sollen.
Randy Rowley	ist möglicherweise dabei, ein anständiger Mensch zu werden, weiß aber immer noch nicht so recht, ob er sich das überhaupt leisten kann oder ob er nicht doch versuchen sollte, Herr der Unterwelt zu werden.
Mrs. Tripplestick	Als Nachbarin des Silbernen Dreiecks wird sie von der ständigen Neugier geplagt, was sich im kleinen Haus in der Curzon Street tut. Außerdem hat sie auf George Manfred ein besonderes Auge geworfen.

1. Kapitel
Das Mädchen im Nachtexpreß

Der Nachtexpreß zwischen Dover und London hatte fast dreißig Minuten Verspätung, weil die Fähre aus Calais nicht pünktlich angekommen war. Das Mädchen im dritten Wagen reiste Erster Klasse. Außer ihr befand sich nur noch ein Mann im Wagen, wahrscheinlich ein Geschäftsmann aus London, der nicht gerne ein Flugzeug benutzte. Schon auf der Fähre hatte er das Mädchen zu einem Cocktail eingeladen, aber das Mädchen hatte abgelehnt. Irgend etwas stimmt nicht mit dem Mädchen, dachte er. Sie fürchtet sich, eine Bekanntschaft zu machen; sie hat Angst vor irgend etwas oder vor irgend jemand. Lange machte sich der Mann allerdings nicht Gedanken. Das Mädchen war jung und hübsch und allein. Und so war er eben auf die Idee gekommen, ihr ein bißchen Gesellschaft zu leisten. Eine flüchtige Reisebekanntschaft. Wenn sie nicht wollte – bitte schön.

Jetzt schlief der Geschäftsmann, und er hatte dabei den Mund offen. Das Mädchen konnte ihn nicht sehen. Er saß drei Abteile hinter ihm. Das Mädchen hörte ihn nur. Es hörte, wenn er sich bewegte, weil ihm die Lage unbequem wurde. Wenn er sich bewegte, schnarchte er nicht mehr. Aber sobald er wieder schlief, drangen die seltsamen Töne durch die dünnen Wände der Abteile, leise sägende Töne, dazwischen ein kurzes Grunzen. Dann wieder ein leises Pfeifen. Einmal auf der Fahrt, irgendwo zwischen Canterbury und Rochester, ging der Geschäftsmann am Abteil vorbei, wahrscheinlich zur Toilette. Er blickte nur flüchtig durch die Glasscheibe, und das Mädchen tat, als bemerke es ihn gar nicht.

Aber sie war froh, daß er da war.

Wenn er von der Agentur gewesen wäre, dann wäre schon auf der Fähre etwas passiert. Vielleicht wußte die Agentur tatsächlich nicht, daß das Mädchen auf dem Weg zurück nach London war? Sie war heimlich aus Marseille abgereist, bei Nacht und Nebel, und hatte nur die notwendigsten Sachen mitgenommen. Die Kleider waren noch dort. Der kleine grüne Koffer auch. Sogar eine Halskette und eine Armspange hatte sie zurückgelassen, so daß ja niemand auf die Idee kommen konnte, sie wäre durchgebrannt.

Das Mädchen hieß Careen Faver. Der einzige Mensch, der wußte, daß Careen Faver auf dem Weg zurück nach London war, wartete im Victoria-Bahnhof auf das Eintreffen des Nachtexpreß aus Dover. Der Mann war von der Polizei. Genaugenommen war er von Scotland Yard. Careen hatte ihn noch nie gesehen. Sie wußte nur, daß er ein Inspektor war. Sie hatte mit ihm zehn Minuten lang telefoniert, und sie war gespannt auf ihn, denn er hatte eine interessante Art zu reden und eine Stimme, die Vertrauen weckte. Er hieß Dearborn. Inspektor Dearborn. Careen erinnerte sich, von ihm gelesen zu haben, bevor sie London verließ. Als sie von Paris aus anrief, hatte sie der Telefonistin vom Yard einfach seinen Namen gesagt, und man hatte sie sofort mit ihm verbunden.

Careen Faver hatte ihm ihren Namen nicht genannt. So sehr vertraute sie ihm doch wieder nicht. Sie vertraute niemandem mehr. Sie fürchtete um ihr Leben. Sie fürchtete sich so sehr, daß sie sich nicht einmal mehr von einem sicher harmlosen Geschäftsmann aus London zu einem Cocktail einladen ließ.

Manchmal war sie sicher, daß die Agentur über jeden ihrer Schritte Bescheid wußte. In Marseille schon hatte sie das Gefühl gehabt, beobachtet zu werden. Eigentlich hatte sie überhaupt immer das Gefühl gehabt, nicht allein zu sein. Keine Sekunde. Schon von allem Anfang an, seit sie sich entschlossen hatte, das Engagement in Frankreich anzunehmen und den Vertrag zu unterschreiben, den ihr Mr. Lynne vorlegte.

Mr. Lynne war der Agent. Mr. Lynne war der Mann, dem sie gehörte. Mr. Lynne war der Mann, den sie fürchtete, weil sie ihm jede noch so hinterlistige Übeltat zutraute.

Aber bald würde der Zug ja in London ankommen. Nach Mitternacht. Mit großer Verspätung. Und dann würde dieser lange Alptraum endlich aufhören.

Der Geschäftsmann kehrte von der Toilette zurück. Er hatte eine Zigarette im Mund. Vor dem Abteil, in dem Careen Faver saß, blieb er stehen. Er lächelte herein. Das Lächeln gefiel Careen nicht. Sie lächelte nicht zurück. Dann langte er nach dem Türgriff, und Careen spürte, wie sich in ihr alles verkrampfte. Er zog die Tür einen Spaltbreit auf.

»Alles in Ordnung?« fragte er, ohne die Zigarette aus dem Mund zu nehmen. »Wir müßten bald in Rochester ankommen.«

Careen merkte, wie ihr das Blut zu Kopfe stieg. »Ich weiß nicht«, sagte sie schnell. »Ich habe vor mich hin gedöst.« Jetzt wagte sie ein kurzes und etwas verlegenes Lächeln.

»Eine ermüdende Reise, nicht wahr«, sagte der Mann. »Well, ich glaube, ich versuche noch einmal ein bißchen zu schlafen. Morgen ist ein anstrengender Tag.«

Ohne eine Antwort abzuwarten, schloß er die Tür, und Careen atmete erleichtert auf, als er verschwunden war. Ncin, vor ihm brauchte sie keine Angst zu haben. Er war nicht einer von denen, die für die Agentur arbeiteten. Er war kein Aufpasser, und er war auch keiner, der dazu da war, Mr. Lynnes Weste rein zu halten. Dazu war es jetzt ohnehin schon fast zu spät. Niemand würde sie jetzt noch mundtot machen können. Keine Drohungen würden noch etwas nützen. Man konnte ihr kein Leid mehr antun. Wenn der Zug in London ankam, wartete dort Inspektor Dearborn auf sie.

Der Zug wurde langsamer. Draußen glitten Lichter vorbei. Straßenlaternen. Ein paar Fenster, die noch erleuchtet waren. Careen Faver wischte mit einem Tüchlein die feuchte Scheibe klar, um besser hinaussehen zu können. Laternenlicht beleuchtete mehrere Gleise nebeneinander. Ein hell erleuchteter Bahnsteig begann. Die Gleise jenseits des Bahnsteiges waren leer. Careen sah einen alten Mann, der neben einem Mülleimer am Boden lag, zusammengerollt wie ein Hund. Ein Mann in einer dunklen, schlechtsitzenden Uniform kehrte Unrat vom Bahnsteig. Ein Stationsvorsteher winkte mit einer Kelle. Der Zug wurde langsamer und langsamer, bis er schließlich stehenblieb. Careen erhob sich und öffnete das Fenster. Eine etwas verzerrte Lautsprecherstimme gab bekannt, daß hier Rochester war und der Zug nur zwei Minuten Aufenthalt hätte, da er dreißig Minuten verspätet sei. Careen sah nur drei Leute aus dem Zug steigen: einen Mann, eine Frau und ein Mädchen, das lange rote Zöpfe hatte. Sie hasteten den leeren Bahnsteig entlang, dem Ausgang entgegen. Careen wollte das Fenster schon wieder schließen, als sie den dunkelgekleideten Mann bemerkte, der am Zug entlang kam. Er trug einen schwarzen Hut, und sein Mantel reichte ihm bis unter die Knie. Während er den Bahnsteig herunter lief, schaute er durch die Fenster in die Abteile hinein. Careen merkte sofort, wie die Angst wieder in ihr hochkroch und mit kalten Fingern ihre Kehle zu umklammern schien. Als der Mann jedoch näher kam, entdeckte sie den schmalen weißen Kragen, der seinen Hals eng umschloß. Ein Stein fiel ihr vom Herzen. Der Mann war ein Priester.

Er blickte zu ihrem Fenster auf, und sie sah, daß er ein junges, glattrasiertes Gesicht hatte und helle, unwahrscheinlich blaue Augen. Als er sie im Fenster stehen sah, lächelte er. »Ist das Erste Klasse?« fragte er.

Sie nickte. »Ja. Sie müssen sich beeilen. Der Zug fährt gleich.«

Kaum hatte sie ausgesprochen, meldete sich die Lautsprecherstimme. »Alles einsteigen, bitte! Das ist die letzte Aufforderung. Alles einsteigen und Türen schließen!«

»Oh, ich muß mich wirklich beeilen«, sagte der Priester. Er ging schnell zum Anfang des Wagens zurück und sprang aufs Trittbrett. Sekunden später setzte sich der Zug wieder in Bewegung. Careen machte das Fenster zu. Sie fragte sich, ob der Priester zu ihr ins Abteil kommen würde. Wahrscheinlich nicht. Es gab genug Platz im Wagen. Und zu solch später Nachtstunde hatte niemand mehr große Lust auf Gesellschaft. Careen nahm das Buch wieder zur Hand, in dem sie las, wenn es ihr möglich war, sich zu konzentrieren. Oft war das nicht. Die Gedanken an das, was passiert war, ließen sich nicht verdrängen. Sie las manchmal und merkte nicht einmal, daß sie zu lesen aufhörte und an Marseille dachte, an Mr. Lynne und an die Drohung. Und wenn sie weiterlesen wollte, wußte sie nicht mehr, was sie zuvor gelesen hatte.

Deshalb war sie immer noch im ersten Kapitel, und gerade, als sie wieder versuchte, sich in die Lektüre zu vertiefen, nahm sie einen Schatten wahr, der an der Abteiltür auftauchte. Sie schrak heftig zusammen, stellte aber im nächsten Moment fest, daß es der Priester war, der vor der Abteiltür stehengeblieben war. Er schaute herein. Er trug jetzt eine Nickelbrille und keinen Hut mehr. Sein Haar war blond und nicht sehr voll, obwohl er noch ein junger Mann war. Er wirkte etwas verunsichert. So, als wäre er noch nicht oft mit dem Zug gefahren. Careen legte das Buch weg und gab ihm ein Zeichen, die Tür aufzumachen. Er lächelte flüchtig und kam der Aufforderung nach.

»Guten Abend«, sagte er. »Würde es Ihnen etwas ausmachen, wenn ich Ihnen für den Rest der Reise Gesellschaft leiste, Miß? Weit ist es ja nicht mehr.«

»O nein«, sagte Careen schnell. »Im Gegenteil. Bitte kommen Sie herein.«

»Nett«, murmelte er. »Äußerst liebenswürdig.« Umständlich trat er ins Abteil. Er hatte eine schwarze Aktentasche bei sich und den Hut unter dem Arm. Er machte die Tür hinter sich sorgsam zu. Dann legte er den Hut ins Gepäcknetz und setzte sich Careen gegenüber hin. Die ganze Zeit wich er ihrem Blick aus. Darüber wunderte sie sich keineswegs. Sie hatte längst gelernt, Männer nach ihrem Verhalten einzuschätzen. Der Priester reagierte auf sie ganz genau so, wie es zu erwarten war. Sie wußte, welchen Eindruck sie auf Männer machte. Sie war hübsch.

»Mein Name ist Washburn«, sagte der Priester. »Reverend Washburn. Ich habe in Rochester einen Kollegen besucht. Eigentlich wollte ich schon mit dem Zehn-Uhr-Zug nach Hause, aber wir waren in ein hochinteressantes Gespräch vertieft, und so merkte ich nicht einmal, wie die Zeit verging.«

Er lächelte etwas verlegen, und der Blick aus seinen klaren Augen streifte sie dabei nur. »Sie kommen bestimmt vom Festland?«

»Aus Marseille«, sagte sie.

»Oh, dann haben Sie eine weite Reise hinter sich, Miß . . .?«

»Faver. Careen Faver, Hochwürden.«

Der Priester nickte. »Wir kommen nicht vor ein Uhr in London an«, sagte er sinnend. »Ich nehme an, Sie werden abgeholt, Miß Faver.«

»Ja. Man erwartet mich«, sagte sie und lächelte bei dem Gedanken, daß ein berühmter Inspektor von Scotland Yard sich auf einem menschenleeren Bahnsteig der Victoria Station die Beine in den Leib stand.

Die mageren Finger des Priesters trommelten leise auf das blanke Leder der Aktentasche.

»Verzeihen Sie meine Neugier, Miß Faver, aber würden

Sie mir vielleicht verraten, ob Sie im Süden Frankreichs Ihren Urlaub verbracht haben? Wissen Sie, eigentlich habe ich schon längere Zeit die Absicht, Frankreich ein bißchen zu bereisen. Es muß ein herrliches Land sein.«

»Ich muß Sie leider enttäuschen, Hochwürden. Ich kenne Frankreich nicht sehr gut. Ich hatte ein Engagement in Marseille.«

»Oh, Sie sind Künstlerin?« Jetzt war er überrascht. »Bestimmt sind Sie eine Schauspielerin.«

»Wie kommen Sie denn darauf?«

»Well, Miß Faver, es ist wohl nicht übertrieben, wenn ich Ihnen gestehe, daß ich Sie für ein wunderschönes junges Geschöpf halte. Ich könnte Sie mir gut auf der Bühne vorstellen oder im Film.«

»Ich bin Tänzerin, Hochwürden.«

»Tänzerin?« Für einen Moment hoben sich seine dünnen Brauen. »Ballett, nehme ich an, klassisches Ballett.«

Sie wollte ihm nicht sagen, welcher Art ihr Engagement in Marseille gewesen war, und so begann sie, ihm von der Ballettschule zu erzählen, von einem Engagement in Stockholm und einem großen Erfolg in Zürich. Es fiel ihr leicht zu lügen. Die Geschichte hatte sie schon so oft erzählt, daß sie dabei an etwas anderes denken konnte. Sie erzählte von Hamburg, obwohl sie noch nie dort gewesen war, und je mehr sie redete, desto leichter wurde ihr ums Herz. Die ganze Anspannung fiel von ihr ab. Die Wachsamkeit ließ nach. Das Mißtrauen verschwand. Und Reverend Washburn hörte geduldig zu. Irgendwann begann er, in der Aktentasche zu wühlen. Sie schaute auf seine Finger, während sie erzählte, und er lächelte. Er lächelte noch, als er den Revolver herauszog, der einen großen Schalldämpfer auf der Mündung hatte. Es schien, als wäre das Lächeln in seinem Gesicht erstarrt. Und seine hellen Augen waren plötzlich hart wie Glas. Und eiskalt.

Careen brach mitten im Satz ab. Das Blut gefror in ihren

Adern. Das Herz setzte aus. Sie starrte auf den Revolver in der Hand des Mannes, und sie wollte schreien, aber kein Laut drang aus ihrer Kehle, obwohl sie den Mund weit geöffnet hatte.

Mitten in der Nacht, wenn die Bahnsteige und die großen Hallen leer sind, die abgestellten Züge dunkel und die kleinen Zeitungsstände geschlossen, ist selbst der Victoria-Bahnhof in London ein Ort, wo man sich einsam und verlassen vorkommt. Wer oft mit dem Zug reist, kennt das Gefühl der Trostlosigkeit. Die Uhren scheinen beinahe stillzustehen. Jedes Geräusch ist überlaut. Es dauert lange, bis der Widerhall der eigenen Schritte verklingt; irgendwo in der Stille sagt ein Mensch ein paar Worte, einer von den Straßenkehrern, der einen Penner aufschreckt, und irgendwo wird noch ein Wagen rangiert.

Der Zug aus Dover hatte schon jetzt über eine halbe Stunde Verspätung. Immer wieder blickte Inspektor Philander Dearborn auf seine Uhr. Es war nach Mitternacht. Zwölf Uhr achtundvierzig ganz genau. Nach der Bahnsteiguhr.

Inspektor Dearborn trug einen hellen Trenchcoat und einen Hut. Er sah ziemlich müde aus. Den ganzen Tag hatte er damit verbracht, Beweise dafür zu erbringen, daß Lord Havelock seine Gattin mit einer Überdosis von Schlafmitteln ums Leben gebracht hatte. Dazwischen hatte er eine Pressekonferenz gegeben, obwohl ihm nicht danach zumute war, irgendwelche verfrühten Erklärungen abzugeben. Aber die Journalisten kannten kein Mitleid. Wie Krauskragengeier drangen sie auf ihn ein und hackten Worte aus ihm heraus, die er nicht hatte sagen wollen.

Ein Stationsvorsteher kam den Bahnsteig hoch. Er wechselte ein paar Blechschilder. Die neuen gaben bekannt, daß der Zug nach Dover um 6 Uhr 45 abfahren würde. Das war der Frühzug.

»Ziemlich ungewöhnlich, daß ein Zug mehr als eine halbe Stunde Verspätung hat«, sagte der Stationsvorsteher leutselig. »Aber der Nebel auf dem Kanal ist dick wie Erbsensuppe. Außerdem stürmt es schon den ganzen Tag.«

Dearborn warf einen Blick auf die Uhr unter dem gewölbten Glasdach. Die Zeiger waren vier Minuten vorgerückt, es schien aber, als wäre eine halbe Stunde vergangen, seit er die Uhr das letzte Mal konsultiert hatte. Dann blickte der Inspektor zum Ende des Bahnsteiges. Von dort liefen die Schienen in die Nacht hinaus, vorbei am Stellwerk und unter der Eclestone Bridge hindurch. Er wollte sich nicht mit dem Stationsvorsteher unterhalten. Er war zu müde. Zu ungeduldig.

»Entschuldigen Sie, Sir, aber ich möchte gerne wissen, ob Sie tatsächlich der Inspektor sind, der Lord Havelock überführt hat. Sie sehen dem Bild ähnlich, das ich im *Daily Megaphon* gesehen habe.«

»Mein Name ist Roos, und ich erwarte meine Tochter, die ein Jahr in einem Schweizer Internat verbracht hat«, log Dearborn kaltblütig. »Dieser dämliche Zug wird doch hoffentlich noch ankommen.«

»Selbstverständlich, Sir«, lachte der Stationsvorsteher, und dann zeigte er in die Dunkelheit hinaus. »Dort, können Sie die Lichter sehen? Das ist Ihr Zug. Well, bald werde ich meine Mütze auch an den Nagel hängen können.« Der Stationsvorsteher ließ Dearborn allein auf dem Bahnsteig stehen und eilte zu einem kleinen Häuschen. Als er zurückkam, hatte er die Trillerpfeife im Mund und eine Kelle in der Hand, mit der er den herannahenden Zug abwinkte.

Dearborn trat etwas zurück. Der Zug wirkte auf ihn wie ein riesiges Ungeheuer. Der Boden unter seinen Füßen erzitterte leicht, als die Lok vorbeifuhr und langsam ausrollte. In allen Abteils gingen die Lichter an. Türen wurden geöffnet. Der Stationsvorsteher rief: »London, Victoria-Bahnhof! Alles aussteigen! Alles aussteigen!«

Da Dearborn keine Ahnung hatte, wie die Dame aussah, die er erwartete, machte er sich bereit, nach dem Kennzeichen Ausschau zu halten, das sie ihm am Telefon bekanntgegeben hatte: eine kleine schwarze Lackledderhandtasche, aus der ein Zipfel eines roten Seidenschals heraushängen würde. Nicht zu übersehen.

Mehrere Leute entstiegen dem Zug. Ein paar sahen fremdländisch aus und ziemlich hilflos. Vielleicht hatten sie erwartet, daß man sie abholte. Sie hatten Koffer dabei. Wahrscheinlich waren es Touristen. Einer von ihnen ging eilig zum Stationsvorsteher und redete gestikulierend auf ihn ein.

Aus dem dritten Wagen stieg ein schwarzgekleideter Herr, ein Priester. Er sah sich kurz um, lächelte Dearborn zu und half einer Nonne vom Trittbrett herunter. Die Nonne hielt sich an seinem Arm fest, als sie an Dearborn vorbei dem Ausgang zuging. Dearborn schaute ihnen kurz nach. Der Priester und die Nonne schienen es eilig zu haben. Sie begannen plötzlich zu laufen.

Ein Mann, der einen Regenmantel trug und einen Hut, stieg aus. Er blickte sich nach allen Seiten um, als suche er jemand. Eine Weile blieb er unschlüssig vor der offenen Wagenstür stehen. Dann erst entdeckte er Dearborn, der erwartungsvoll den Zug entlangblickte und darauf wartete, daß noch jemand aussteigen würde.

Der Mann kam auf ihn zu.

»Haben Sie vielleicht eine junge hübsche Dame gesehen, die aus diesem Wagen ausgestiegen ist?« fragte er.

»Nein«, entgegnete der Inspektor ungeduldig. Er wollte sich abwenden, aber dann fiel ihm auf, daß der Mann eine kleine schwarze Damenhandtasche in der Hand hielt. Lackleder. Es ragte jedoch kein Seidenschalzipfel heraus.

»Es scheint, als ob Ihnen Ihre Bekannte abhanden gekommen ist«, sagte Dearborn und deutete auf die Handtasche.

»Die junge Dame ist eigentlich nur eine flüchtige Bekanntschaft«, erklärte der Herr. »Wir waren zusammen auf dem gleichen Fährboot. Nun, ich werde noch einmal im Zug nachsehen.«

Der junge Mann ging in den Wagen zurück, und Dearborn hörte ihn rufen. Dann kam er wieder heraus und schüttelte verständnislos den Kopf. »Sie kann doch nicht einfach verschwunden sein«, sagte er zu Dearborn gewandt.

Der Stationsvorsteher wurde aufmerksam. Er kam herüber und fragte, ob er irgendwie zu Diensten sein könnte.

»Im Wagen Erster Klasse saß eine junge Dame, die spurlos verschwunden ist. Hier, das einzige, was von ihr übrigblieb, ist diese Handtasche. Sie lag im Gang.«

»Ich werde sie im Office verwahren. Bestimmt wird die junge Dame morgen nach der Tasche fragen.«

Inspektor Dearborn hielt es nun doch für notwendig, sich zu erkennen zu geben.

Der Stationsvorsteher war sichtlich verblüfft, als ihm der Mann, der angeblich Roos hieß und auf das Eintreffen seiner Tochter wartete, einen Scotland-Yard-Ausweis unter die Nase hielt. »Da . . . dann sind Sie also doch . . .«

»Dienstlich hier«, ergänzte Dearborn den angefangenen Satz. Er wandte sich an den Mann mit der Handtasche. »Wissen Sie vielleicht, wie die junge Dame hieß?«

»Nein. Wie ich schon sagte, es war nur eine äußerst flüchtige Reisebekanntschaft. Die junge Dame war sehr zurückhaltend.«

»Well, dann geben Sie mir bitte mal die Tasche!« Dearborn öffnete sie und entdeckte den roten Seidenschal sofort, der zerknüllt in der Tasche lag. »Ich glaube, Sie werden mich zum Yard begleiten müssen, Sir«, sagte er zu dem jungen Mann und machte die Tasche zu.

»Wieso? Diese hübsche junge Dame ist doch hoffentlich nicht in ein Verbrechen verwickelt? Sie machte ganz und gar nicht diesen Eindruck. Vielmehr wirkte sie etwas verstört, ja sogar ängstlich, aber ich hätte mir niemals gedacht, daß sie von der Polizei gesucht wird.«

»Wann haben Sie die Dame zum letztenmal in ihrem Abteil gesehen?«

»Kurz vor dem Halt in Rochester. Ich ging an ihrem Abteil vorbei zur Toilette. Auf dem Rückweg öffnete ich kurz die Tür und fragte, ob alles in Ordnung wäre.«

»Und, war alles in Ordnung?«

Der Mann hob die Schultern. »Mir fiel nichts Außergewöhnliches auf. Ich kehrte zu meinem Abteil zurück und schlief eine Weile. Ich habe nicht einmal etwas von dem Aufenthalt in Rochester mitgekriegt.«

»Sie wissen also nicht, ob danach die junge Dame überhaupt noch im Zug war oder nicht?«

»Natürlich war sie noch im Zug. Sie wollte ja nach London, Inspektor. Das hat sie mir schon auf der Fähre gesagt. Und daß sie hier abgeholt würde.«

»Gesehen haben Sie jedoch die junge Dame nicht mehr?«

»Nein. Ich schlief, bis der Zug hier einlief.«

»Fielen Ihnen andere Fahrgäste auf? Ein Priester vielleicht und eine Nonne?«

»Wo sollen sie denn gesessen haben? Doch nicht im Wagen Erster Klasse? Wir beiden waren die einzigen Fahrgäste, die junge Dame und ich.«

Dearborn nahm kurz die Personalien des Mannes auf und forderte ihn auf, morgen um zehn Uhr im Office zu erscheinen. Der Mann war froh, daß er nicht die Nacht im Yard zu verbringen hatte. Er beeilte sich, nach Hause zu kommen. Dearborn gab unterdessen dem Stationsvorsteher Anweisung, niemanden in die Nähe des Zuges kommen zu lassen. »Sorgen Sie dafür, daß meine Kollegen von der Spurensicherung alles so vorfinden, wie es jetzt ist. Lassen Sie auf keinen Fall die Putzmannschaft rein.«

»Auch nicht in die anderen Wagen?«

»Nicht einmal in die Lok«, schnarrte Dearborn. Und während er davoneilte, rief er: »Sie sind mir persönlich dafür verantwortlich!«

Der Stationsvorsteher nahm seine Mütze vom Kopf und wischte sich mit dem Handrücken über die Stirn. Er schwitzte leicht, wenn er in Aufregung geriet, und aufregend war es schon, wenn Scotland Yards bester Detektiv einen Fahrgast erwartete, der spurlos verschwunden zu sein schien.

Um acht Uhr am Morgen hatte Inspektor Philander Dearborn einen Termin bei einem Hals-Nasen-Ohren-Spezialisten, der ihm geraten hatte, seinen chronisch verstopften Riecher so oft wie möglich unter eiskaltes Wasser zu halten oder sogar mit einem Eisbeutel zu behandeln, weil sich unter der Einwirkung der Kälte die Gefäße zusammenzogen und die Schleimhäute dadurch abschwollen. Dies, so meinte der Arzt, sei auf die Dauer viel besser, als konstant scharfe Nasentropfen zu verwenden, von denen die Schleimhäute regelrecht gegerbt würden. Seither drückte sich Dearborn, so oft es ging, einen Eisbeutel mitten ins Gesicht.

Die Untersuchung ergab nichts Neues. Dearborns Nase, nicht übermäßig groß und auch nicht von absonderlicher Form, funktionierte weder besser noch schlechter als vor der Kältebehandlung. Trotzdem riet ihm der Arzt, nicht aufzugeben, und so war Dearborns Nase beinahe weiß, als gegen zehn Uhr am Morgen George Manfred das kleine, karg eingerichtete Office im Yard betrat.

Dearborn legte den Eisbeutel in eine silberne Schale, die dem Diebesgut eines jungen Strolches namens Randy Rowley entstammte, nach dem seit Monaten eine Fahndung lief.

»Wie macht sich denn die neue Therapie, mein lieber

Dearborn?« fragte George Manfred, nachdem er die Tür hinter sich zugemacht hatte. »Seien Sie bloß vorsichtig, daß Sie nicht auch noch Frostbeulen kriegen.«

»Ich habe Sie nicht zu meiner Unterhaltung herkommen lassen, Manfred«, gab der Inspektor kühl zurück. Er hatte sich vorgenommen, äußerst unfreundlich zu sein, um seinen Besucher so bald wie möglich wieder loszuwerden. Der junge Mann im dunklen, maßgeschneiderten Anzug machte aber gar nicht den Eindruck, als ob er sich schnell wieder abwimmeln lassen würde. Er setzte sich auf den Besucherstuhl, schlug die Beine übereinander und zündete sich eine Zigarette an. Dabei machte er einen so behaglichen Eindruck, als ob er hier zu Hause wäre.

»Worum geht es denn, mein lieber Inspektor?« fragte er und blies den Rauch in verblüffend gleichmäßigen Ringen in das fahle Licht der Morgensonne, die schräg durch die Fensterscheiben schien. »Ich bin sicher, daß Sie mich nicht deshalb so früh aus dem Bett komplimentiert haben, weil ich gestern abend vor der Rollover-Bar mein neues Sportcoupé im Parkverbot abgestellt habe.«

»Mit solch lächerlichen Vergehen beschäftige ich mich nicht, mein lieber Manfred, obwohl es mir natürlich ein Vergnügen gewesen wäre, Ihnen einen Strafzettel hinter den Scheibenwischer zu klemmen.«

»Boshaftigkeit ist eine üble Eigenschaft, gegen die nicht einmal Eisbeutel helfen, mein lieber Inspektor.«

»Den lieben Inspektor können Sie sich sparen, Manfred!« knurrte Dearborn. »Es geht um eine junge, hübsche Dame, die Ihre Visitenkarte in der Handtasche hatte, und zwar im Futter versteckt.«

»Ich kenne keine junge, hübsche Dame, die ihre Bekanntschaft mit mir zu verheimlichen hätte, Snake-Eye!« Manfred lehnte sich zurück und beobachtete voller Zufriedenheit, wie der Inspektor sein Gesicht schmerzlich verzog, als er den Spitznamen hörte, mit dem ihn George

Manfred ungeniert anredete. Es gab sonst kaum jemand in London, der dies gewagt hätte.

»Die Dame reiste aus Marseille über Paris nach London«, sagte Dearborn, nachdem er sich gefaßt hatte. »Sie kam mit dem Nachtexpreß heute morgen kurz vor ein Uhr im Victoria-Bahnhof an. Ich habe sie dort erwartet, aber bevor ich dazu kam, sie in Empfang zu nehmen, war sie spurlos verschwunden.«

»Sie meinen damit wohl, daß die besagte Dame sich nicht mehr im Zug befand, als dieser in London ankam?«

»Nein. Die Dame stieg sogar aus, aber sie hatte sich inzwischen als Nonne verkleidet, und außerdem war sie in Begleitung eines Priesters.«

Während Dearborn seinem Besucher erklärte, wie es dazu gekommen war, daß er auf dem Victoria-Bahnhof die Dame abholen wollte, kramte er die Lackledertasche hervor und entnahm ihr erst den roten Seidenschal, dann einen Geldbeutel, der einige Francs enthielt und ein paar Shillinge. Außerdem fand sich ein goldenes Amulett an einer dünnen, ebenfalls goldenen Kette. Auf dem Amulett waren ein Herz eingraviert und die Initialen PL. Eine zerknitterte Kinokarte, das Billett für die Fahrt von Dover nach London und das abgerissene Plüschohr eines Teddybären war alles, was die Tasche sonst noch enthielt. Bis auf die Visitenkarte, ein ziemlich abgegriffenes Stück, auf deren Rückseite mit einer steilen Handschrift mehrere Telefonnummern notiert waren.

Manfred studierte die Karte, konnte sich aber auch nach eingehender Betrachtung nicht denken, wem sie gehört haben mochte. Er ging mit seinen Karten niemals leichtfertig um und gab sie meistens nur Leuten, auf deren Bekanntschaft er einen gewissen Wert legte. Selbstverständlich gehörten eine ganze Reihe junger, hübscher Damen dazu, denn George Manfred hatte eine nicht zu knappe Schwäche für das andere Geschlecht.

»Haben Sie die Nummern versucht?« fragte er den Inspektor, der ihn die ganze Zeit belauerte, so als erwarte er von George Manfred zumindest einen Namen und eine Adresse.

»Natürlich haben wir diese Nummern angerufen, aber das hat nichts Konkretes ergeben. Die erste Nummer gehört einer Schullehrerin in Bayswater. Unter der zweiten ist kein Anschluß mehr vorhanden. Sie hat früher einer Sekretärin gehört, die inzwischen nach Südamerika ausgewandert und dort wahrscheinlich verheiratet ist. Die dritte gehört einer ziemlich begüterten Familie mit einer Tochter im heiratsfähigen Alter, die vierte Nummer gehört dem Belgravia-Hotel, und die fünfte ist offenbar eine ausländische Nummer.«

»Drei Damen, ein Hotel und eine unbekannte Nummer«, sagte Manfred nachdenklich. »Man müßte vielleicht die Damen anrufen und ihnen ein paar Fragen stellen. Vielleicht haben sie irgendwelche Gemeinsamkeiten. Vielleicht kennen sie sich sogar.«

»Ich habe Peter Roos mit dieser Aufgabe betraut. Er hat mich vor wenigen Minuten aus Bayswater angerufen. Die Schullehrerin ist eine junge, attraktive Dame, die sich nicht entsinnen kann oder will, wer sich ihre Telefonnummer aufgeschrieben haben könnte.«

»Und die Tochter der begüterten Familie?«

»Nichts. Die Tochter ist eine Theaterschauspielerin, zur Zeit auf Tournee in Kanada. Da sie viel und oft Bekanntschaften schließt und ihre Telefonnummer in Künstlerkreisen kein Geheimnis ist, kann die Karte einigen hundert verschiedenen Leuten gehört haben, die Miß Estcourt kennen.«

»Margaretta Estcourt? Stand nicht letzthin in der Zeitung, daß sie demnächst eine Rolle in einem großen Hollywood-Film spielen wird?«

»Genau die Margaretta Estcourt«, bestätigte Dearborn

zögernd. Er wollte eigentlich Manfred nur die allernotwendigsten Informationen geben, weil er nicht unbedingt an einer erneuten Zusammenarbeit mit dem Silbernen Dreieck interessiert war. Einmal wollte er einen Fall eigenhändig und ohne Einmischung lösen.

»Beschreiben Sie mir bitte die Nonne, Inspektor«, forderte ihn Manfred auf.

»Hm, ich sah sie nur aussteigen und vorbeigehen. Das ging schnell, und ich habe weder ihr noch dem Priester viel Beachtung geschenkt, da ich ja auf die Dame mit der Handtasche wartete. Aber wenn Sie sich ein paar Minuten gedulden wollen? Ich habe einen Zeugen geladen, der fähig sein sollte, eine ziemlich genaue Beschreibung jener jungen Dame abzugeben.«

Manfred hatte Zeit. Eigentlich war er in Gedanken damit beschäftigt, das, was ihm der Inspektor gesagt hatte, auszuwerten. Es waren nur wenige Hinweise, aber sie genügten einem geschulten Mann wie George Manfred bereits, einige Pläne zu schmieden. Der Fall konnte interessant werden. Immerhin ging es um das Verschwinden einer jungen Dame, die seine Visitenkarte im Futter ihrer Handtasche versteckt hatte. Eine Schauspielerin? George Manfred ging in Gedanken seine Bekanntschaften mit vielversprechenden Nachwuchstalenten durch. Einige Namen fielen ihm ein. An andere erinnerte er sich nicht mehr. Er war tief in seine Gedanken versunken, als jemand an die Officetür klopfte. Eine Sekretärin ließ Mr. William Powell herein, einen untersetzten, noch ziemlich jungen Mann, der recht selbstsicher und erfolgreich wirkte.

Dearborn hatte auch einen Zeichner ins Office kommen lassen, der nun nach Powells Beschreibung mehrere Porträts anfertigte, die sich alle mehr oder wenig ähnlich sahen. Sie zeigten ein schmales, ebenmäßiges Gesicht mit großen Augen und einem vollen Mund. Irgendwie schien Manfred dieses Gesicht unwirklich, beinahe engelhaft. Er konnte sich nicht entsinnen, jemals ein solches Mädchen näher gekannt zu haben.

Inspektor Dearborn belauerte Manfred, während dieser die Porträts betrachtete. Schließlich konnte er seine Neugier nicht mehr zurückhalten. »Kennen Sie das Mädchen?« fragte er.

Manfred hob den Kopf und lächelte. »Ich muß Sie leider enttäuschen, mein lieber Inspektor.«

Dearborn kniff die Augen etwas zusammen. Er traute Manfred nicht. Er traute keinem vom Silbernen Dreieck, wenn es um die Aufklärung eines Verbrechens ging. »Manfred, ich mache Sie darauf aufmerksam, daß es hier möglicherweise um das Leben dieses Mädchens geht. Sagen Sie mir lieber gleich, wenn Sie etwas wissen, das . . .«

»Ich weiß nichts, Snake-Eye«, unterbrach Manfred den Inspektor bestimmt. »Versuchen Sie lieber, den Priester zu beschreiben, daß man von ihm ein Porträt anfertigen kann. Vielleicht ist uns sein Gesicht nicht unbekannt.« Manfred erhob sich.

Auf dem Weg zur Tür wandte er sich an Powell, der immer wieder auf seine Uhr blickte, weil er ja eigentlich auf einer Vertreterkonferenz hätte sein sollen. »Was haben Sie die ganze Zeit auf der Fahrt von Dover nach London getan, Mr. Powell?« fragte er.

»Well, ehrlich gesagt hat mich die Müdigkeit übermannt; ich habe fast die ganze Zeit geschlafen.«

»Das steht doch alles im Protokoll, Manfred«, wandte der Inspektor ein.

»Soll das heißen, daß Sie mir die Unterlagen zukommen lassen werden?«

»Wenn Sie mir versprechen, daß Sie in diesem Fall nichts unternehmen, ohne zuvor mich zu konsultieren, zum Teufel!«

»Aber das ist doch selbstverständlich, mein lieber Inspektor«, lächelte Manfred. Er faßte Mr. Powell noch einmal ins Auge. »Und was hat Ihrer Ansicht nach das Mädchen auf der Fahrt nach London getan, Mr. Powell?«

Powell runzelte die Stirn. »Hm, das kann ich Ihnen nicht sagen, weil ich ja . . .« Er brach ab. Sein Gesicht leuchtete auf, als wäre in seinem Hirn eine Glühbirne angegangen. »Das Buch«, stieß er hervor. »Natürlich. Sie hat gelesen. Ich habe das Buch gesehen. Ein historischer Roman war es. Ein Taschenbuch.«

Manfred drehte sich noch einmal nach Dearborn um. »Hat man den Wagen durchsucht?«

»Natürlich. Wir sind doch keine Anfänger.«

»Wo befindet sich der Wagen jetzt?«

»Im Victoria-Bahnhof. Er soll heute nachmittag an den Expreß nach Dover angehängt werden. Sie glauben doch nicht etwa, daß die Leute von der Spurensicherung ein Buch übersehen haben könnten?«

»Vielleicht war es kein besonders dickes Buch«, grinste Manfred und war schon auf dem Weg hinaus. Er hörte noch, wie Mr. Powell sagte, daß das Buch ein richtiger Wälzer gewesen sei, mindestens fünfhundert Seiten dick.

Manfred fuhr trotzdem zum Victoria-Bahnhof.

2. Kapitel
Öffentliche Ruhestörung

»Warum«, sagte Leon Gonsalez und goß Whisky in sein Glas, »warum rief dieses Mädchen Scotland Yard an, wenn es unsere Telefonnummer in der Tasche hatte? Diese Frage, so scheint es mir, könnte von größter Bedeutung sein.«

Raymond Poiccart, der sich in der Küche aufhielt, rief, daß das Mädchen vielleicht gar nicht mehr an die Karte gedacht hatte. »Wichtiger wäre es herauszufinden, wo sich das Mädchen in Frankreich aufgehalten hat.«

»In Marseille. Das hat sie doch Powell gesagt.«

»Muß es denn wahr sein, was sie Powell erzählt hat?« Poiccart kam aus der Küche. Er hatte Blut an den Händen und an seiner geblümten Küchenschürze. »Muß denn überhaupt irgend etwas von dem wahr sein, was Powell oder Dearborn erfahren haben? Das Mädchen hatte Angst. Wahrscheinlich fühlte es sich verfolgt. Vielleicht wußte sie, daß man ihr nach dem Leben trachtete. Und da wäre es nicht ungewöhnlich, daß sie zum eigenen Schutz Lügen erzählt hat, nicht wahr?«

Leon Gonsalez hob sein Glas ins schräg einfallende Licht der Herbstsonne, die blaß durch den Dunst schien.

»Das kann die Antwort auf meine Frage sein«, sagte er nachdenklich. »Wenn das Mädchen tatsächlich in Lebensgefahr war und niemandem trauen konnte, dann rief es natürlich nicht uns an, sondern gleich Scotland Yard.«

»Kein gerade glorreiches Zeugnis für unseren kleinen Verein, wenn Leute in Gefahr es vorziehen, sich Scotland Yard anzuvertrauen.« George Manfred blätterte in dem dicken Buch, das er vor sich auf den Knien hatte. Es war ein Roman über einen Dschungelarzt, der in Südamerika bei irgendwelchen Kopfjägern lebte und eine hübsche weiße Tänzerin vor dem sicheren Martertod rettete. Das beste am Buch war der Name, der mit Bleistift auf die Innenseite des Umschlags gekritzelt war. Diana, stand dort in einer fein geschwungenen Handschrift. Sonst nichts. Entweder hatte das Buch einer Diana gehört, oder irgend jemand hatte den Namen aus irgendeinem von tausend Gründen hingeschrieben. Manfred hatte es im Eisenbahnwagen hinter dem Sitz gefunden, auf dem nach Ausagen von William Powell das Mädchen auf der Fahrt von Dover nach London gesessen hatte. Nicht einmal Dearborn wußte bis jetzt von der Existenz dieses Buches, sonst hätte er wahrscheinlich seinen Leuten von der Spurensicherung ein Disziplinarverfahren angehängt.

»Wenn die junge Dame nur Scotland Yard vertraut hat und dabei nicht einmal wagte, ihren Namen zu nennen, dann hatte sie einen ganz besonderen Grund«, sagte Leon und trank genüßlich einen kleinen Schluck von seinem Whisky.

»Es könnte sein, daß sie sich vor jemand fürchtete, der so mächtig und bekannt ist, daß sie annehmen konnte, er hätte auch uns längst in seine Tasche gesteckt.«

»Der Gelbe Drache«, sagte Poiccart seufzend. »Immer wieder der Gelbe Drache. Es wird Zeit, daß man diesem Ungetüm mal den Kopf abschlägt, bevor tatsächlich das Gerücht aufkommt, wir würden uns von ihm bestechen lassen.«

»Was könnte ein Mädchen wie Diana mit dem Gelben Drachen zu tun haben?« fragte Manfred ungeduldig. »Rauschgiftschmuggel? Könnte sein. Und trotzdem glaube ich es nicht. So ein Mädchen fällt allein durch sein Äußeres überall sofort auf, was im Rauschgiftgeschäft ziemlich gefährlich sein kann.«

»Mädchenhandel«, sagte Leon leise. Manfred hob den Kopf. Er sah, daß Leons Gesicht völlig ernst blieb. Poiccart wischte die Hände an der Schürze ab. Sein Gesicht drückte Zweifel aus. »Soviel ich weiß, weigert sich der Gelbe Drache, Menschenhandel zu betreiben. Das ist ein ziemlich unsicheres Gechäft, mit einem zu großen Risiko.«

»Ich habe nicht behauptet, der Gelbe Drache hätte seine Klauen im Spiel«, lächelte Leon.

»Wer dann?«

»Wenn ich das wüßte, dann wäre ich Hellseher geworden.«

»Du hast doch irgend jemand im Sinn«, beharrte Manfred. »Ich sehe es dir an. Versuch nur nicht, mir etwas vorzumachen. Immerhin kennen wir uns schon eine Ewigkeit.«

Poiccart nickte heftig. »Das stimmt. Diesmal windest du dich nicht raus, mein Freund. Schau doch nur, wie wichtig dieser Fall George ist. Er ist schon ganz benommen von dem Gedanken, daß er diesem blondgelockten Engel wie ein strahlender Filmheld im letzten Augenblick das Leben rettet.«

»Wenn das Mädchen überhaupt noch am Leben ist«, stieß George Manfred scharf hervor. Er ließ Leon Gonsalez nicht aus den Augen. »Was ist nun, Leon? Müssen wir dich ins Kreuzverhör nehmen?«

»Das wird kaum nötig sein. Mir ist soeben ein Name eingefallen, der euch beiden ebenfalls bekannt sein dürfte.«

Manfred und Poiccart wechselten einen Blick. Leons Lächeln vertiefte sich etwas, doch er blickte zum Fenster hinaus und schwieg.

»Wie lange willst du uns noch auf die Folter spannen?« fragte Manfred in die Stille hinein.

»Die Entscheidung, euch den Namen eines Mannes zu nennen, dessen Weste blütenrein zu sein scheint, fällt mir nicht leicht«, sagte Leon, ohne sich vom Fenster abzuwenden. »Immerhin handelt es sich um einen ehrbaren Bürger dieser Stadt und einen Geschäftsmann, der über jeden Verdacht erhaben ist.« Leon wandte sich seinen beiden Partnern zu. »Der Mann ist ein bekannter Agent, der vor allem jungen Künstlern und Nachwuchstalenten zu Engagements verhilft, die nicht selten zum Beginn großartiger Karrieren werden.«

»Lynne«, sagten Manfred und Poiccart wie aus einem Mund.

Leon nickte. »Mr. Homer Lynne. Wer kennt ihn nicht. Obwohl er sehr zurückgezogen lebt, taucht sein Name immer wieder in der Presse auf, meistens im Zusammenhang mit irgendeinem Film- oder Bühnenstar.«

Manfred klappte das Buch zu und erhob sich. »Jetzt kann ich einen Scotch vertragen«, sagte er und ließ sich von Leon einen Whisky eingießen. Nachdem er das Glas auf einen Zug geleert hatte, schüttelte er heftig den Kopf. »Nein«, sagte er bestimmt. »Nein, mein Freund. Diesmal glaube ich nicht an deine geistige Treffsicherheit. Es ist unmöglich, daß ein Mann wie Homer Lynne an einem Verbrechen beteiligt sein könnte, das ihn den Hals kosten würde.«

»Lieber George, wie oft schon haben wir feststellen müssen, daß das Unmögliche möglich ist, gerade wenn es um Verbrechen geht. Mr. Homer Lynne ist ein unbescholtener Mann, und deshalb will ich ihn nicht unbegründet des Mädchenhandels verdächtigen. Du wirst aber herausfinden, daß der Agent, dem Margaretta Estcourt ihre steile Karriere zu verdanken hat, Mr. Homer Lynne ist. Und Margaretta Estcourt ist bis jetzt das einzige Bindeglied in deiner Kette, die keinen Anfang und kein Ende hat.«

Manfred mußte zugeben, daß Leon recht hatte. Eine der Telefonnummern auf der Rückseite seiner Visitenkarte war die Nummer von Margaretta Estcourts Familie. Er blickte Poiccart kurz an und sah, daß es diesem auch schwerfiel, sich vorzustellen, daß ein berühmter Agent wie Homer Lynne mit dem Verschwinden eines jungen Mädchens etwas zu tun haben könnte.

»Was wissen wir denn über Mr. Lynne?« fragte Manfred. »Wir haben keine Akte über ihn, nicht wahr? Und ich kann mich nicht an eine einzige Zeile in den Zeitungen erinnern, die etwas Schlechtes über ihn gesagt hätte. Im Gegenteil!«

»Lynne ist dafür bekannt, daß er Künstlern in Not hilft«, sagte Poiccart. »Ich erinnere mich an den Fall Battey, der vor einem Jahr Schlagzeilen machte. Damals verschaffte Lynne dem alten Slim Battey eine Theaterrolle und half ihm damit, einen Weg zurück aus der Gosse zu finden. Erinnert ihr euch? Battey war dem Alkohol ergeben und todkrank, als Lynne ihn unter seine Fittiche nahm. Jetzt soll er wieder fein raus sein und sogar Rollen im Ausland kriegen.«

»Mr. Lynne hat einen guten Ruf«, bestätigte Leon. »Deshalb zögerte ich, seinen Namen zu nennen. George, das ist *dein* Fall. Es dürfte dir nicht schwer fallen, Mr. Lynne einmal genauer unter den Hut zu sehen. Du hast ja durch deine Erfahrungen in diesen Kreisen bestimmt ein besonderes Fingerspitzengefühl entwickelt.«

»Ich könnte Lynne einen Besuch abstatten«, schlug Manfred vor.

»Warum nicht. Erzähl ihm von deiner jungen hübschen Tochter, die großes schauspielerisches Talent besitzt und irgendeine berühmte Ballettschule in Italien besucht.« Leon blickte Manfred von der Seite forschend an, und es fiel ihm auf, wie nervös sein Partner war. »George, seit wann muß ich dir sagen, wie du einen Fall angehen sollst?« lachte Leon.

Manfred öffnete einen Aktenordner und zog das Papier heraus, auf das der Zeichner von Scotland Yard das Porträt des verschwundenen Mädchens gezeichnet hatte.

»Schau dir dieses Gesicht gut an, Leon«, sagte er ruhig. »Es ist das hübscheste Gesicht, das ich je gesehen habe. Und wenn ich daran denke, daß jemand diesem Mädchen ein Haar gekrümmt hat, wird mir ganz schlecht.«

Leon legte George Manfred die Hand auf die Schulter. »Komm, trink lieber noch einen«, sagte er aufmunternd, aber Manfred lehnte ab. Statt dessen ging er zu dem kleinen Marmortischchen, auf dem das Telefon stand. Über die Auskunft ließ er sich die Geschäfts- und die Privatnummer von Mr. Homer Lynne geben.

Die hervorstechendsten Eigenschaften des Mr. Homer Lynne waren, weitgehende Sympathie zu erwecken und eine unüberwindliche Vorliebe für Tschaikowskys »Ouvertüre 1812«. Er liebte zwar Musik im allgemeinen, aber seine Nachbarn in der Pennerthon Road von Hampstead bezeugten mit einer gewissen Bitterkeit, daß er dieser gigantischen Schlachtkomposition vor allem anderen den Vorzug gab.

Da man in der Nachbarschaft Mr. Lynne sonst als einen liebenswürdigen und äußerst freundlichen Mann kannte, hatte diese Leidenschaft zuerst nur zu einigen Klagen geführt, die mit Vorsicht und ohne großen Nachdruck vorgebracht worden waren. Mr. Lynne jedoch reagierte nicht so, wie man es sich gewünscht hätte, und die Leute in der Pennerthon Road kamen zu der Überzeugung, daß Mr. Lynne sich keinen Deut um ein gutnachbarliches Verhältnis kümmerte, wenn ihm jemand seine größte Leidenschaft vermiesen wollte.

So kam es dann zu einigen Anzeigen wegen öffentlicher Ruhestörung. Einmal wurde Mr. Lynne sogar in das Polizeirevier zitiert, ohne daß sich danach allerdings etwas änderte. Nicht einmal den Rechtsanwälten seiner Nachbarn gelang es, Mr. Lynne ein bißchen Verantwortungsgefühl und gutnachbarliche Rücksicht aufzuzwingen, denn die scharfen Briefe ließ Mr. Lynne durch seinen eigenen Rechtsanwalt beantworten, und das war einer der besten in London.

Es war ebenso sonderbar wie bedauernswert, daß dieser

sonst so sympathische und liebenswürdige Herr sich nicht im geringsten um das Wohlergehen seiner Nachbarn kümmerte. In seinem Schlafzimmer stand das größte Grammophon, das Hampstead jemals gesehen hatte, mit riesigen Lautsprechern und einem automatischen Plattenwechsler, so daß der Spektakel unentwegt von neuem beginnen konnte. Das schlimmste war jedoch, daß Mr. Lynne oft die späten Nachtstunden für seine ohrenbetäubenden Konzerte wählte.

Auf dem Polizeirevier hatte er angegeben, daß laute Grammophonmusik das einzige Mittel sei, seine aufgeregten Nerven soweit zu beruhigen, daß er Schlaf finden konnte. Und nur sein Lieblingsstück »Ouvertüre 1812« sei laut genug, um diese Wirkung zu erzielen.

Daß Mr. Lynne sonst mitfühlend und sogar zartbesaitet war, konnten mehrere Elternpaare bezeugen, die ihre Sprößlinge dem berühmten Film- und Theateragenten anvertraut hatten. Die Spezialität von Mr. Lynne war es, ganze Schauspielertruppen für größere oder kleinere Theater überall auf der Welt zusammenzustellen. Die großen Künstler, die auf seine Engagements hin zu Reichtum und Ruhm gelangt waren, lobten ihn über die Maßen. Sie waren ausgezeichnet behandelt worden und hatten überall auf der Welt bei jenen Leuten größtes Entgegenkommen gefunden, die mit Mr. Lynne in geschäftlichem Kontakt standen. Er hatte einen guten Namen und einen makellosen Ruf als Agent und als ein Mann, der finanziell selbst an vielen Theatern und Varietés beteiligt war, nicht nur in England, sondern auch in Europa und Südamerika.

Und in Südamerika gab es Länder, in die Mr. Lynne besonders gern jüngere Talente exportierte, manchmal mit einem Umweg über eine europäische Hafenstadt; Mädchen, deren Namen niemand kannte, deren Gesichter noch nie in einer Zeitung abgedruckt waren, die keine Vergangenheit hatten und nur einen winzigen Hoffnungsschimmer für die Zukunft. Es gab viele solcher Mädchen, hübsche, naive Geschöpfe, die aus irgendwelchen Gründen den Weg zurück nach Hause nicht mehr finden wollten und in Städten wie London und Amsterdam, Paris oder Brüssel, ja sogar in Hamburg oder Frankfurt gestrandet waren.

An diesen Geschöpfen verdiente sich Mr. Lynne eine goldene Nase. Sie brachten ihm schnell und leicht ein Vermögen ein, von dem er jeweils eine gewisse Summe zur Finanzierung seiner offiziellen Geschäfte abzweigte und so einigen wenigen talentierten Künstlern zu einer großartigen Laufbahn verhalf. Dafür erhielt er Lob und Ehre. Dafür war er bekannt. Und kein Mensch wußte, daß Mr. Lynne nur deshalb Einschlafschwierigkeiten hatte, weil er mit seinem Doppelleben nicht so einfach fertig wurde, weil ihn zu einsamer Stunde das Gewissen plagte, weil er fürchtete, daß er eines Tages am Galgen enden würde.

Ja, Mr. Homer Lynne hatte furchtbare Angst, daß man ihm auf seine Schliche kommen würde. Immerhin gab es überall in der Welt Mädchen, die inzwischen aus ihren Träumen erwacht waren und vielleicht auf Rache sannen. Damit keines dieser Mädchen zurückkommen und ihm gefährlich werden konnte, hatte Mr. Lynne einige Leute eingesetzt, mit denen er persönlich nie zusammentraf. Diese Leute waren die Aufpasser, und sie unterstanden einem gewissen Franco Mandez, der sein absolutes Vertrauen hatte.

Franco Mandez stammte aus Kolumbien. Er war ein dunkelhäutiger schwarzhaariger Mann mit kleinen, seltsam klaren, stechenden Augen und perfekten Dienermanieren. Er war in dem Haus in der Pennerthon Road beschäftigt, trug meistens eine weiße Uniform mit Goldlitzen und diskret unter dem Jackett verborgen eine automatische Pistole, mit der er hervorragend umzugehen verstand. Mr. Lynne wußte auch, daß Franco Mandez ein virtuoser

Künstler mit dem Springmesser war, das er im rechten Ärmel versteckt hatte. Er sprach perfekt Englisch, Deutsch, Französisch und Spanisch, kam aus gutem Hause und hatte es durch seine Geschäftstüchtigkeit bereits zu einem eigenen kleinen Vermögen gebracht. Mr. Lynne nannte ihn Señor Mandez, und er hatte größte Hochachtung vor diesem Mann, der noch dazu mit einem verblüffenden Schauspieltalent ausgestattet war.

Mr. Lynne hatte ihm auch das Mädchen aus Marseille anvertraut. »Kümmern Sie sich darum, Señor Mandez«, hatte er ihm nur gesagt und dabei nervös an seinen Fingernägeln gekaut. Und Franco Mandez hatte so merkwürdig gelächelt, daß Mr. Lynne danach lange nicht einschlafen konnte, obwohl er das Grammophon voll aufdrehte. Das Lächeln folgte ihm sogar in einen bösen Traum, aus dem er mitten in der Nacht schweißgebadet erwachte. Es war totenstill im Haus. Draußen im Flur brannte Licht. Das Grammophon war abgeschaltet. Mr. Lynne verließ das Zimmer und ging in die Küche hinunter, um ein Glas Eiswasser zu trinken. Danach war ihm etwas wohler.

3. Kapitel
Besuch bei Mr. Lynne

Der Diener, der George Manfred die Tür öffnete, kam ihm auf den ersten Blick bekannt vor. Irgendwo hatte er diesen dunkelhaarigen Mann mit den glasklaren Augen, die gar nicht zu seinem dunklen Gesicht passen wollten, schon gesehen. Manfred wünschte sich in diesem Moment, er hätte die Fähigkeiten von Leon Gonsalez besessen, der ja bekanntlich ein phänomenales Gedächtnis hatte, wenn es um Gesichter ging. Besonders um außergewöhnliche Gesichter.

»Guten Tag«, sagte der Diener und deutete eine kleine Verbeugung an. »Ich nehme an, Sie sind Mr. Dryden. Mr. Lynne erwartet Sie im Salon.«

Der weißgekleidete Mann mit den Goldlitzen und dem Gehabe eines Seeoffiziers schien sich seiner eigenen Bedeutung sehr bewußt zu sein. Höflich, aber ohne sich weiter um den Gast zu kümmern, ging er George Manfred voran auf eine große weiße Tür zu, durch die leises Klaviergeklimper drang. Er klopfte kurz an und erhielt sofort die Erlaubnis einzutreten.

»Mr. Dryden, Sir«, meldete er und trat einen Schritt zurück. Und mit einer kleinen Verbeugung: »Mr. Lynne läßt bitten.«

Manfred ging an ihm vorbei in einen großen Raum mit wunderbaren Barockmöbeln und großen, hellen Fenstern, die einen weiten Blick über die üppigen Anlagen des Pitfield-Parkes gewährten. Trotz der Helle des Raumes brannte in der Mitte der Decke ein Kristallüster. Mr. Lynne saß an einem schwarzen Flügel, offenbar dabei, ein Musikstück zu komponieren. Er klimperte auf einigen Tasten herum, machte dann ein paar Notizen und zeichnete mehrere Noten auf ein Blatt Papier. Schließlich blickte er auf, und erst in diesem Moment schien er sich des Besuchers überhaupt bewußt zu werden.

»Oh, entschuldigen Sie, mein Herr, aber ich war in Gedanken gerade irgendwo an der spanischen Küste.« Er lächelte versonnen, ehe er sich erhob und Manfred mit ausgestreckter Hand entgegenkam. »Ich kann es einfach nicht lassen, selbst ein wenig zu komponieren, obwohl mir dazu eigentlich das Talent fehlt. Sie sind bestimmt Mr. Dryden.«

Manfred ergriff Mr. Lynnes Hand. Der feste Druck überraschte ihn. Er hatte einen ganz anderen Menschen erwartet, keineswegs diese kräftige und vitale Erscheinung, die soviel Energie ausstrahlte. »Es freut mich, daß Sie mir ohne Umstände einen Besuch gestatten«, sagte er höflich.

»Oh, wenn ich Ihnen in dieser für Sie so schmerzlichen Angelegenheit nur zu Diensten sein kann, Mr. Dryden.«

Lynne war etwas kleiner als Manfred. Er hatte die Ärmel seines Hemdes bis über die Ellbogen hochgerollt und den Kragenknopf geöffnet. Sein Gesicht war von der Sonne gebräunt, obwohl London um diese Jahreszeit von der Sonne nicht verwöhnt wurde. Er schien Manfreds Gedanken zu erraten.

»Ein kurzer Urlaub in Spanien hat mich nicht nur inspiriert, sondern verwegen genug gemacht, ein Klavierstück zu schreiben. Ich nehme an, Sie sind ein musisch veranlagter Mensch, Mr. Dryden?«

Manfred lächelte. »Ich wünschte, ich wäre es«, gab er zur Antwort. »Nein, Diana hat ihr Talent und ihre künstlerischen Ambitionen von ihrer Mutter geerbt. Sie spielte mehrere Instrumente und sang an der italienischen Oper. Leider war ihr Leben zu kurz, als daß sich ihre Blüte voll hätte entfalten können.«

»Das tut mir leid, Mr. Dryden. Ich bin aber sicher, daß

Sie Ihre begabte Tochter über den schmerzlichen Verlust Ihrer Gemahlin zumindest ein wenig hinwegtrösten konnten. Wie war noch ihr Name?«

»Diana«, sagte George Manfred sofort. »Diana Ann.«

»Ein wunderbarer Name, Mr. Dryden.« Homer Lynne warf einen Blick zur Tür hinüber, wo der Diener in der weißen Uniform regungslos vor einem königsblauen Samtvorhang stand. »Señor Mandez, Sie erinnern sich nicht zufällig an ein Mädchen dieses Namens, dem wir zu einem Engagement verholfen haben könnten? Das ist doch der Grund Ihres Besuches, nicht wahr, mein Herr? Wie Sie mir am Telefon sagten, haben Sie den Kontakt zu Ihrer werten Tochter verloren.«

Manfred nickte. Für einen Moment senkte er den Kopf in der Erwartung, daß Mandez die Frage seines Herrn und Gebieters beantworten würde, aber der Diener sagte nichts. Als Manfred den Kopf hob, war das Gesicht des Dieners so verschlossen wie zuvor, seine Augen so starr, als wären sie aus Glas.

»Ich habe alle meine Bücher durchgesehen, Mr. Dryden. Ohne Erfolg. Der Name Dryden war mir bis zu Ihrem Anruf unbekannt.«

»Es könnte sein, daß sich Diana einen Künstlernamen zugelegt hat«, stieß Manfred so hastig hervor, wie dies ein Vater in Sorge um seine Tochter getan hätte. »Wissen Sie, einige Zeit bevor sie sich entschloß, in einem anderen Land ihr Glück zu versuchen, kamen wir nicht mehr so gut zurecht miteinander.«

»Das kann ich gut verstehen, Mr. Dryden. Wenn hübsche Mädchen erwachsen werden, wird der Lockruf der großen, weiten Welt oftmals lauter als die mahnende Stimme eines Vaters.«

»Es ging um ein Verhältnis, oder sagen wir eher, um eine Liebelei, zu der ich mein Einverständnis verweigerte. Es kam zu Auseinandersetzungen. Sie drohte mir mehrere

Male, die Ballettschule aufzugeben und davonzulaufen. Ich glaubte ihr nicht. Aber als ich eines Morgens aufwachte, lag eine Notiz auf dem Frühstückstisch.« Manfred brach ab und holte schwer atmend Luft. Er hatte Leons Geschichte gehörig herausgeputzt. »Sie schrieb, daß sie nach London reisen und schreiben würde, sobald sie ein Engagement hätte. Die Notiz war das letzte Lebenszeichen von ihr. Inzwischen ist fast ein Jahr vergangen.«

»Haben Sie denn nicht die italienische Polizei um Hilfe gebeten, Mr. Dryden? Sie sind doch als Chemiker bei einem großen italienischen Konzern angestellt, nicht wahr?«

»Bei Bossi und Bossi«, log Manfred, ohne nachzudenken. Er hatte sich bestens vorbereitet, und alles, was er Lynne am Telefon gesagt hatte, war ihm inzwischen so vertraut, daß er »Mr. Drydens« Rolle perfekt beherrschte. Er erzählte Lynne, wie sehr ihm Diana Ann ans Herz gewachsen war, und daß er seine ganzen Ersparnisse darangegeben hätte, sie aufzufinden. »Sie glauben gar nicht, wie schwierig es ist, die Behörden zu überzeugen, daß Diana Ann einem Verbrechen zum Opfer gefallen sein könnte.«

»Oh, wie kommen Sie denn darauf?« Mr. Lynne fuhr sich mit der Zunge über die Unterlippe. Plötzlich wirkte er etwas nervös. Er wandte sich ab, ging zu seinem Schreibtisch und setzte sich auf den gepolsterten Drehstuhl.

»Diana Ann hätte ihr Versprechen längst gehalten und mir zumindest eine Nachricht zukommen lassen«, sagte George Manfred ernst. »Trotz der Auseinandersetzungen und trotz aller Ärgernisse standen wir uns sehr nahe. Ich bin sicher, daß sie mir geschrieben hätte, wenn sie dazu eine Möglichkeit gehabt hätte.«

Lynne griff nach einer Schachtel Players Special. Es fiel Manfred auf, daß seine Hand dabei zitterte. Er bot seinem Gast eine Zigarette an. Manfred lehnte ab.

»Ich nehme an, Sie haben sich nach Ihrem Eintreffen hier

sofort mit Scotland Yard in Verbindung gesetzt, Mr. Dryden?« fragte Lynn und zündete eine Zigarette an. Er sog den Rauch tief ein und blies ihn durch die Nase aus.

»Selbstverständlich habe ich mich darum bemüht, Scotland Yard für den Fall zu interessieren.«

»Und?«

»Nichts. Die Beamten sind äußerst arrogant. Man gab mir zu verstehen, daß man sich nicht um jedes davongelaufene Mädchen bemühen könnte, schon gar nicht, wenn es sich um ein Mädchen handelte, das immerhin alt genug sei, auf sich selbst aufzupassen.«

»Es tut mir außerordentlich leid, dies hören zu müssen, Mr. Dryden. Scotland Yard hat sonst gerade in solchen Fällen einen guten Ruf, und als Engländer darf ich Ihnen versichern, daß ich stolz auf unsere Hüter des Gesetzes bin. Mit wem haben Sie denn gesprochen? Ich habe einige sehr gute Beziehungen, verstehen Sie. Vielleicht läßt sich etwas für Sie tun.«

»Ich wüßte nicht, wie ich Ihnen danken könnte«, seufzte Manfred. »Der Herr, der mir fünf Minuten seiner wohl sehr kostbaren Zeit geopfert hat, war ein Inspektor. Dearborn hieß er. Inspektor Philander Dearborn. Ein äußerst merkwürdiger Mensch. Die ganze Zeit, während wir uns unterhielten, drückte er einen Eisbeutel mitten in sein Gesicht.«

»Der alte Snake-Eye«, lachte Mr. Lynne und warf einen Blick zu seinem Diener hinüber. »So nennt man ihn. Schlangenauge. Das ist mehr ein Kriegsname als ein Spitzname, und man sagt, daß ihn die übelsten Verbrecher der Londoner Unterwelt mit einem gewissen Respekt aussprechen. Sie hatten Glück, gleich an den besten Mann zu geraten.«

»Das bezweifle ich. Der Inspektor empfahl mir, zuerst einmal selbst nach Diana zu forschen. Sollte ich auf Hinweise stoßen, daß meine Tochter hier in London einem

Verbrechen zum Opfer gefallen ist, dann will er alles daransetzen, den Fall aufzuklären.«

Lynne beugte sich etwas vor. »Und, Mr. Dryden? Ist Ihnen bis jetzt irgend etwas Verdächtiges aufgefallen? Sie sind schon mehrere Tage in London, nicht wahr?«

»Fünf Tage.« Manfred schüttelte den Kopf. »Ich habe mich überall umgehört. Und mehrere Male nannte man mir Ihren Namen. Schließlich, als ich nicht mehr weitersah, rief ich Sie an. Ich darf vielleicht sagen, daß Sie, Mr. Lynne, meine letzte Hoffnung sind.«

Lynne holte tief Luft und seufzte. »Weiß Gott, mein lieber Freund, ich würde Ihnen so gern helfen. Aber sehen Sie selbst nach. Hier sind meine Künstlerlisten. Alle Namen sind in alphabetischer Reihenfolge aufgeführt. Da steht jeder Name von jedem Künstler drin, der von dieser Agentur jemals vertreten wurde oder noch vertreten wird. Ich habe mich der Mühe unterzogen, die ganzen Listen durchzugehen. Wir haben nicht *einmal* eine Diana Ann vermerkt, obwohl dies ja ein Name ist, der gut zu einem jungen, talentierten Mädchen paßt.«

Lynne schob ein paar dünne Schnellhefter über den Tisch und nickte Manfred auffordernd zu. »Bitte, nehmen Sie dort im Saal beim Fenster Platz und sehen Sie die Listen durch. Vielleicht fällt Ihnen ein Name auf, der Ihnen mehr sagt als mir.«

Manfred bedankte sich und setzte sich auf einen Polsterstuhl mit mächtiger Lehne. Er wußte, daß er in diesen Listen den Namen Diana nirgendwo finden würde. Falls Lynne tatsächlich ein Mädchen dieses Namens vertrat, so hatte er längst dafür gesorgt, daß der Name aus der Liste verschwunden war. Die Schnellhefter waren numeriert. Die einzelnen Seiten auch. Manfred fing mit Nr. 1 an.

»Lassen Sie sich ruhig Zeit, Mr. Dryden«, sagte Lynne vom Schreibtisch herüber.

»Danke, Sir. Haben Sie tausendmal Dank«, sagte Manfred und überflog die Namen der ersten Seite. Hinter jedem Namen war eine Nummer. Wahrscheinlich eine Archivnummer, so daß Lynne jederzeit und schnell alle gewünschten Angaben über den jeweiligen Künstler erfahren konnte. Es fiel Manfred auf, daß die Liste fast ausschließlich Mädchennamen umfaßte. Einige darunter waren Manfred nicht unbekannt. So zum Beispiel der von Margaretta Estcourt.

Manfred hob den Kopf. »Ich wußte gar nicht, daß Miß Estcourt Ihnen ihre Laufbahn zu verdanken hat, Mr. Lynne«, sagte er. »Miß Estcourt ist sogar schon in Italien ein Star, obwohl sie dort noch keinen Film gemacht hat.«

»Ein ungewöhnlich talentiertes Geschöpf«, sagte Lynne vom Schreibtisch herüber. »Aber sehen Sie, Mr. Dryden, Ihre Tochter ist nicht dabei.«

Manfred legte den ersten Schnellhefter weg und öffnete den zweiten. Er fand keinen einzigen Namen, der ihm bekannt vorgekommen wäre. Es waren wirklich alles Mädchennamen, das war fast das einzige, das ihm auffiel.

Mr. Lynne erhob sich hinter dem Schreibtisch. »Well, Mr. Dryden, es tut mir außerordentlich leid, daß ich Ihnen nicht von größerer Hilfe sein kann. Sie haben sicherlich Verständnis dafür, wenn ich Sie jetzt verabschiede. Ich habe einen wichtigen Termin einzuhalten.«

Manfred merkte, daß ihm Lynne keine Zeit mehr geben wollte, die dritte Namenliste durchzusehen. Er kam um den Schreibtisch herum und streckte die Hand aus, um die Schnellhefter in Empfang zu nehmen.

Manfred lächelte etwas verlegen und schlug den zweiten Hefter noch einmal auf Seite acht auf. »Kelway«, sagte er und blickte auf. »Könnte es Kelway gewesen sein, Mr. Lynne? So oder ähnlich war der Name, den sich Diana immer zulegen wollte. Kelway. Kennworth.« Manfred runzelte die Stirn. »So ähnlich war der Name, Mr. Lynne«, wiederholte er, als versuche er angestrengt, sich zu erinnern.

In Wahrheit beobachtete er an Mr. Lynne vorbei das Gesicht von Señor Mandez, und zum erstenmal entdeckte er darin unter dem linken Auge ein nervöses Zucken, das einige Sekunden andauerte und dann wieder verschwunden war.

»Kelway«, sagte Mr. Lynne kopfschüttelnd. »Ist denn der Name aufgeführt?«

Manfred lächelte. »Nein. Aber . . .«

»Hören Sie, Mr. Dryden, wenn der Name nicht aufgeführt ist, dann kann ich Ihnen nicht behilflich sein, Ihre Tochter zu finden. Das verstehen Sie sicher.«

»Ja. Natürlich«, sagte Manfred und atmete aus. Er reichte Mr. Lynne die Schnellhefter zurück und erhob sich umständlich aus dem tiefen Sessel. »Well, Mr. Lynne, dann bleibt mir wohl nichts anderes übrig, als auf gut Glück weiter nach Diana zu suchen. Vielleicht stoße ich per Zufall auf eine Spur. Vielleicht erinnert sich jemand an sie, in irgendeiner Tanzbar oder in einem Kabarett.«

»Haben Sie denn wenigstens ein Bild von ihr?«

»Ja. Hier. Es ist leider keine Fotografie. Die einzige Fotografie, die Diana im Haus zurückgelassen hat, zeigt sie als Kleinkind mit ihrer Mutter.« Manfred lächelte verlegen, während er seine Brieftasche herausnahm und sie öffnete. »Diese Bleistiftzeichnung hat ihr Freund angefertigt. Kein besonderes Kunstwerk, aber sehr lebensecht.«

Manfred nahm das Polizeibild des verschwundenen Mädchens aus der Brieftache und zeigte es Mr. Lynne. Er merkte, wie Lynne beim Anblick des Gesichtes den Atem anhielt. Sekundenlang rührte er sich nicht, und es war totenstill im Raum, als wäre alles Leben erstarrt.

Schließlich faßte sich Lynne wieder. Er nahm Manfred das Bild aus der Hand. »Ein außergewöhnlich hübsches Mädchen«, sagte er etwas rauh. Er wandte sich von Manfred ab und forderte Señor Mandez auf, einen Blick auf das Bild zu werfen.

Mandez kam der Aufforderung zögernd nach. Manfred beobachtete ihn dabei scharf, aber der dunkelhäutige Mann zeigte keine Regung, die ihn hätte verraten können. Als er aufblickte, umspielte ein Lächeln seine fleischigen Lippen.

»Tatsächlich ein wunderhübsches Gesicht«, sagte er. Dann deutete er zur Tür. »Darf ich Sie jetzt hinausbegleiten, Mr. Dryden?«

Manfred lächelte. Er nahm das Bild aus der Hand von Mr. Lynne, der seltsam blaß geworden war. Manfred tat das Bild sorgfältig in die Brieftasche zurück, bedankte sich noch einmal für die Unterredung und ließ sich von Señor Mandez hinausbegleiten. Der Diener sagte kein Wort mehr, und als Manfred die Straße hinunterging, brach von einem Moment auf den anderen ein ohrenbetäubender Lärm los. Trompeten und Pauken und andere Instrumente tobten wild durcheinander.

Ein Polizist, der an der Straßenecke stand, schüttelte verständnislos den Kopf und erklärte Manfred, daß Mr. Lynne sonst die Ouvertüre von Tschaikowsky nur nachts spiele, um besser einschlafen zu können. »Seltsam«, sagte der Polizist. »Es muß irgend etwas Ungewöhnliches passiert sein, das Mr. Lynne etwas aus der Fassung gebracht hat.«

»Da könnten Sie recht haben, Verehrtester«, sagte Manfred lächelnd und winkte ein Taxi heran.

Mr. Homer Lynne war furchtbar aufgeregt. Wie ein hungriger Löwe in einem Käfig ging er im Salon auf und ab, wobei er regelrecht ins Schwitzen geriet. Das Spektakel aus den Lautsprechern erfüllte das ganze Haus bis unters Dach, auf dem beinahe die Ziegel barsten. Franco Mandez zog es vor, sein Zimmer aufzusuchen, das er mit schalldämpfenden Isolierungen versehen hatte. Irgendwann würde sich Lynne wieder soweit beruhigt haben, daß er imstande war, klar zu denken. Und das war in diesem Moent wichtig. Mandez war sicher, daß der Besucher keineswegs der Mann war, für den er sich ausgegeben hatte. Es handelte sich entweder um einen Agenten von Scotland Yard oder um einen Privatdetektiv, der vielleicht im Auftrag von Bekannten oder Verwandten eines der Mädchen handelte. Er hatte zumindest einen Namen aufgestöbert. Diana. Und er hatte das Bild.

Das Bild zeigte allerdings nicht Diana, die inzwischen unter einem anderen Namen in Südamerika weilte, sondern es war das Gesicht von Careen Faver.

Der Mann hatte außerdem zwei Nachnamen erwähnt, die nicht stimmten. Er wußte also nicht, wer Diana wirklich war, und er hatte keine Ahnung, um wen es sich bei dem Mädchen mit dem Engelsgesicht handelte. Er war aber ein aufmerksamer Mann mit einem geschulten Auge; das stand fest. Es mußte ihm sofort aufgefallen sein, daß Seite acht des zweiten Schnellhefters nicht zu den anderen Seiten paßte. Das Papier war neu, die Buchstaben darauf zwar mit der gleichen Schreibmaschine geschrieben, jedoch kräftiger und deutlicher als die anderen, weil das Farbband besser gewesen war. Lynne hatte die neue Seite selbst geschrieben, kurz nach dem Telefonat mit dem Mann, und er hatte einfach den Namen von Diana Kendal weggelassen. Der Mann hatte also nur geraten, aber er war dem wirklichen Namen ziemlich nahe gekommen, obwohl auf dieser Seite auch Namen mit H, I und L angeführt waren.

Mandez legte sich auf sein Bett und verschränkte die Hände hinter dem Kopf. Während er zur Decke hochblickte, umspielte ein schwaches Lächeln seinen Mund. Der Mann, der sich Mr. Dryden genannt hatte, war nicht zu unterschätzen. Sogar Lynne hatte das auf Anhieb erkannt, und dabei war er schier in Panik geraten. Mandez konnte ihn sich gut vorstellen, wie er im Salon auf und ab ging, beinahe verrückt von seinen Gedanken und vom Gedröhn der Musik, die ihn abschirmte wie eine Mauer. Lynne hatte Angst, daß man ihn entlarven könnte, und da es keinen sicheren Platz gab, wo er sich hätte verkriechen können, versuchte er sich mit diesem ohrenbetäubenden Lärm zu schützen. Welch ein närrisches Unterfangen. Mandez schloß die Augen. Es galt jetzt, kühl zu bleiben. Der Mann, der sich Mr. Dryden genannt hatte, war gefährlich. Mandez machte sich nichts vor. Entweder gelang es ihm, den Mann so schnell wie möglich unschädlich zu machen, oder das ganze, so sorgfältig aufgebaute Geschäft mit den Mädchen würde auffliegen.

Fast eine Stunde mußte Señor Mandez warten, bis die Musik plötzlich erstarb. Es wurde still im Haus, und in diese Stille hinein erscholl schließlich Mr. Lynnes Stimme. »Mandez!« brüllte er. »Señor Mandez!«

Mandez erhob sich. Er rückte seine Uniform zurecht, warf einen kurzen prüfenden Blick in den Spiegel und verließ dann sein Zimmer.

Mr. Lynne erwartete ihn im Salon. Er sah aus, als hätte er drei Nächte nicht geschlafen. Das Haar stand ihm vom Kopf ab, und sein Gesicht schien richtig verschwollen. Er kaute nervös an seinen Fingernägeln, ein typisches Zeichen dafür, daß er ziemlich durcheinander war.

»Der Mann ist ein Detektiv!« stieß er sogleich hervor, als Mandez hinter sich die Tür zugemacht hatte. »Sorgen Sie dafür, daß er von der Bildfläche verschwindet, bevor er weiteren Schaden anrichten kann.«

»Sir, man müßte vielleicht erst herausfinden, was er bis jetzt . . .«

»Tun Sie das!« stieß Mr. Lynne scharf hervor. »Tun Sie, was Sie wollen, aber tun Sie es schnell. Der Kerl weiß mehr, als er zugibt, und wenn er sich Scotland Yard anvertraut, dann . . .«

Lynne brach ab. Er wollte diesen Gedanken gar nicht zu Ende denken.

»Der Mann könnte von Scotland Yard sein«, wandte Mandez ein.

Lynne schüttelte den Kopf. »Das ist unmöglich«, sagte er bestimmt. »Ich hätte davon gehört. Man hätte mich informiert. Nein, der Mann muß ein Privatdetektiv sein oder jemand, der Careen Faver kennt.«

»Vielleicht doch ein Verwandter von Diana Kendal.«

»Dann hätte uns das Mädchen angelogen«, stieß Mr. Lynne ärgerlich hervor. »Und unsere Nachforschungen damals hätten falsche Informationen ergeben. Ich halte das nicht für möglich.«

»Es könnte ja sein, daß sie uns falsche Personalien angegeben hat. Vielleicht heißt sie Diana Ann Dryden.«

»Der Mann ist zu jung, um der Vater einer achtzehnjährigen Tochter zu sein.« Lynne ging zu einem der großen Fenster und blickte auf den Park hinaus. Nein, er glaubte nicht, daß Dryden und Careen Faver etwas miteinander zu tun hatten. Careen hatte keine Verwandten, sonst hätte Lynne das Mädchen nicht unter seine Fittiche genommen. Sie war eine Streunerin gewesen, ziemlich einfältig und verkommen. Aber hübsch. Und somit fiel sie in die Kategorie der Mädchen, die leicht gehandelt werden konnten.

Mädchen, die irgendwelche nähere Bekannte oder gar Verwandte hatten, wurden von Lynne nach der ersten Vorstellung vertröstet, daß sie in den nächsten Tagen schriftlich von ihm hören würden. In seinen Schreiben bedauerte er dann, daß alle Engagements zur Zeit ausgebucht wären, und verwies die Mädchen auf eine andere, wohlbekannte Künstleragentur. Diese Auslese war der Grund, warum Mr. Lynnes dunkle Geschäfte schon so lange erfolgreich abgewickelt werden konnten. Es gab bei diesen Mädchen niemanden, der später hätte Nachforschungen anstellen können, und die Gefahr, daß ein Mädchen bei den Angaben über ihre Identität und ihre Herkunft schwindelte, war nicht sehr groß, denn Mr. Lynne machte sie alle gleich am

Anfang darauf aufmerksam, daß er gezwungen sei, diskrete Nachforschungen anzustellen.

Im Laufe seiner Tätigkeit hatten ihn nur drei junge Mädchen angelogen. Sie erzählten ihm, daß sie keine Verwandten hätten, aber nach einiger Zeit erschien jeweils ein Bruder und erkundigte sich nach seiner Schwester.

Und jetzt gab es erneut Schwierigkeiten, und es schien, als ob sie diesmal ernsterer Natur wären. Mr. Lynne überlegte hin und her. Schließlich kam er zu der Überzeugung, daß es nicht Scotland Yard war, der da an ihm interessiert war.

Er drehte sich dem Diener zu. »Der Mann ist ein Privatdetektiv, Señor Mandez«, sagte er hart. »Sorgen Sie dafür, daß man ihn ausfindig macht. Und dann lassen Sie ihn verschwinden. In der Themse. Oder irgendwo. Nur lassen Sie ihn verschwinden.«

Mandez nickte. »Ist das alles, Mr. Lynne?«

»Das Mädchen aus Marseille. Was ist mit ihr? Ich will nicht, daß dieses Mädchen uns durch die Finger schlüpft.«

»Soll ich sie umbringen lassen?«

»Um Gottes willen, lassen Sie die Finger von dem Mädchen. Ich erledige das selbst. Glauben Sie mir, die Kleine wird schön artig ihre Pflicht tun, wenn ich mit ihr geredet habe.«

»Sie ist aber ziemlich trotzig, Sir. Ich meine, Careen ist kein Mädchen, das leicht aufgibt.«

»Überlassen Sie Careen mir, Señor Mandez«, befahl Mr. Lynne streng.

Mandez deutete eine Verbeugung an, drehte sich auf dem Absatz um und ging hinaus. Mr. Lynne konnte das Lächeln auf dem schmalen dunklen Gesicht des Dieners nicht sehen, aber er war sicher, daß Mr. Dryden eigentlich schon ein toter Mann war, obwohl der davon keine Ahnung hatte.

4. Kapitel
Eine besondere Überraschung

Die drei Herren vom Silbernen Dreieck hatten für Inspektor Philander Dearborn eine besondere Überraschung bereit. Besonders Poiccart fieberte dem Erscheinen des Inspektors regelrecht entgegen. Er hatte zwei wunderbare Fasane zubereitet, frisches Gemüse gedämpft und Makronentörtchen gebacken. Zwar war dies keine typisch englische Mahlzeit, aber in dem kleinen Haus an der Curzon Street wurden schon seit Jahren die besten Gerichte der französischen, italienischen und spanischen Küche zubereitet, eine Tatsache, auf die Poiccart zu Recht stolz war.

Pünktlich um sechs Uhr hielt vor dem kleinen Haus mit dem silbernen Dreieck über der Haustür der schwarze Dienstwagen des Inspektors, ein alter Wolseley, der ein paarmal laut knallte, bevor der Motor schließlich mit einem Röcheln abstarb.

Manfred warf einen Blick aus dem Fenster und sah, wie drüben im Nachbarhaus die Tür aufging. Mrs. Tripplestick erschien und verursachte beinahe einen schlimmen Verkehrsunfall. Sie sauste ohne auf den Verkehr zu achten über die Straße, um den Inspektor abzufangen, bevor er im Haus des Silbernen Dreiecks verschwinden konnte.

Mrs. Tripplestick redete eine Weile heftig gestikulierend auf Dearborn ein, der sie offenbar zu beschwichtigen suchte. Schließlich ließ er sie jedoch stehen und ging zur Haustür. Mrs. Tripplestick schüttelte die Faust in die Richtung des wolkenverhangenen Abendhimmels und schien erst besänftigt, als ihr kleiner Hund aus dem Haus kam, die Straße überquerte und gegen den linken Vorderreifen des Wolseley pinkelte.

»Die alte Schreckschrulle von nebenan behauptet, daß sie von den Behörden unrecht behandelt würde, weil die Hundesteuer erhöht worden ist«, schimpfte Dearborn, als ihm Poiccart dienstbeflissen die Tür öffnete. »Ich weiß nur nicht, warum sie immer ausgerechnet dann aus dem Haus kommen muß, wenn *ich* erscheine.«

»Es gibt nur drei Menschen in ihrem Leben, die ihr soviel bedeuten, daß sie ihnen über Gebühr Beachtung schenkt.«

»So? Und wer sind die?«

»George Manfred, Sie, Verehrtester, und ihr Hund Mr. Smith«, lächelte Poiccart. »Und zwar nicht unbedingt in dieser Reihenfolge.« Er nahm Dearborn Hut und Mantel ab und führte ihn die Treppe hinauf. Im Salon warteten Leon Gonsalez und George Manfred. Manfred stand mit einem Whiskyglas in der Hand am Fenster. Leon studierte die Schachspalte des *Daily Megaphon,* blickte aber auf, als der Inspektor eintrat.

»Ihre Nase hat etwas Farbe gekriegt«, sagte Leon, nachdem er Dearborn kurz gemustert hatte. »Wie ist denn das allgemeine Befinden, Verehrtester?«

»Die Nase ist nun endgültig im Eimer, wenn Sie das meinen, Gonsalez«, knurrte Dearborn gereizt. Er überflog den Eßtisch, und es fiel ihm auf, daß für fünf Leute gedeckt war. »Das scheint ja eine kleine Party zu werden. Wer ist denn außer mir noch eingeladen?«

»Das ist die Überraschung«, sagte Poiccart, der schnell seine Schürze wieder umgebunden hatte, die er niemals trug, wenn er den Portier spielte. »Warum bietet denn niemand unserem Freund und Kampfgefährten einen Drink an?«

»Gin oder Whisky?« fragte Manfred und ging zur Bar.

»Eine innere Stimme warnt mich davor, meinen Scharfsinn durch Alkohol betäuben zu lassen, bevor die Katze nicht aus dem Sack ist.«

Manfred grinste. »Wachsam und vorsichtig wie immer, Inspektor. Das gefällt mir.« Er nahm ein Kristallglas von einem Regal und goß Scotch hinein. »Auf Ihr Wohl, Verehrtester, und darauf, daß wir zusammen einem Verbrecher das Handwerk legen werden, der zu den abgefeimtesten Schurken unserer Stadt gehört.«

Dearborn kniff die Augen etwas zusammen. »Um wen geht es denn?« fragte er und griff nach dem Glas, das ihm Manfred anbot.

»Um einen Mann, der Musik liebt«, sagte Manfred mit leisem Grimm in seiner Stimme. »Um einen Mann, der Mädchenhandel betreibt und möglicherweise mehrere Menschenleben auf dem Gewissen hat.«

Manfred trank sein Glas auf einen Schluck leer. Der Inspektor hingegen stand stocksteif vor ihm und starrte ihn nur verständnislos an.

»Sie wollen doch nicht etwa sagen, daß Sie bereits wissen, was mit dem Mädchen vom Nachtexpreß geschehen ist?«

»Trinken Sie erst, damit Sie für die Überraschung gestärkt sind und nicht gleich aus Ihren Lackschuhen kippen.«

Dearborn trank das Glas gehorsam leer. Er wollte es absetzen, aber Manfred goß sofort nach. »Das zweite ist für die zweite Überraschung, Snake-Eye. Trinken Sie.«

»Manfred, hören Sie mal, ich möchte lieber . . .«

»Trinken Sie!«

Dearborn seufzte ergeben und trank. »Ausgezeichneter Scotch«, behauptete er und schnüffelte durch das linke Nasenloch, während er das rechte mit dem Daumen zuhielt. »Sehen Sie, ich kann jetzt sogar durch ein Nasenloch atmen.«

»Das freut mich«, sagte Manfred und wies den Inspektor an, sich zu setzen. »Und versuchen Sie, ruhig Blut zu bewahren. Der zweite Gast ist einer, den Sie schon seit Wochen gern zu sehen gekriegt hätten.«

Dearborn setzte sich. »Sie machen es aber spannend, Manfred«, lachte er. »Ich hoffe, es handelt sich um eine hübsche Überraschung, wenn Sie verstehen, was ich meine.«

Manfred seufzte. »Es handelt sich um einen jungen Mann, den unser Freund Raymond Poiccart davon überzeugt hat, daß bei Scotland Yard nicht nur Unmenschen angestellt sind, sondern auch Leute wie Sie, mein lieber Inspektor, Leute, denen man vertrauen kann und die ab und zu ein Auge zudrücken können.«

Dearborn verzog sein Gesicht, als hätte er in eine Zitrone gebissen. »Wollen Sie mir Honig ums Maul schmieren, Manfred?« sagte er näselnd.

Manfred drehte sich um und ging zu der Tür, die in den kleinen, völlig überfüllten Archivraum führte. Er öffnete sie, und ein Junge trat ins Wohnzimmer. Er trug Tennisschuhe, eine ausgebeulte Hose, die ihm viel zu weit war, eine braune Bomberjacke und eine lederne Motorradmütze, die Ohrenklappen hochgestellt.

Dearborn erkannte den Jungen sofort, und für einen Moment wurde ihm der Hemdkragen eng. Es war Randy Rowley, der mit den Händen in der Tasche in das kleine Wohnzimmer schlenderte und sich vor dem Inspektor aufbaute.

»Hier bin ich«, sagte Randy schleppend. »Und Manfred hat mir freies Geleit versprochen, klar?«

Dearborn schluckte. »Klar«, sagte er und zauberte in Sekundenschnelle ein paar Handschellen hervor. »Zuerst aber, mein Freund, werde ich meiner Pflicht nachkommen und dich festnehmen.«

Randy sprang zurück. »Das werden Sie keinesfalls tun, zum Teufel! Ich habe nichts getan!«

»Die Fahndung läuft noch«, knurrte Dearborn und stand auf.

»Ich bin freiwillig hier. Hören Sie, Dearborn, wenn Sie

mich festnehmen, dann können Sie selbst sehen, wie Sie diesen ehrenwerten Mr. Lynne an den Galgen kriegen.«

Dearborn blieb stehen. Er starrte den Jungen lange an. Dann suchten seine Blicke Manfred. »Mr. Lynne?« fragte er zögernd. »Meint er etwa Mr. Homer Lynne?«

»Keinen anderen«, sagte Manfred ruhig. »Und an Ihrer Stelle würde ich die Handschellen wieder einstecken, Snake-Eye. Der Junge steht unter Raymond Poiccarts Schutz. Er ist freiwillig hier und hat sich bereit erklärt, uns zu helfen.«

»Er wird trotzdem gesucht.«

»Damit hat das nichts zu tun!« Poiccart kam mit einem silbernen Tablett aus der Küche. »Darf ich zu Tisch bitten, Herrschaften. Randy, als Ehrengast nimmst du am Kopfende Platz. Was ist mit Ihnen, Inspektor? Wollen Sie anstatt mit Messer und Gabel mit diesen Handschellen essen?«

»Natürlich nicht«, knurrte Dearborn und steckte die Eisen ein. Er schaute ungläubig zu, wie Manfred dem Jungen den Stuhl am Kopfende des Tisches anbot und sogar eine Verbeugung andeutete, als sich Randy Rowley hinsetzte.

»Bitte setzen Sie sich, Verehrtester«, forderte Leon Gonsalez den Inspektor höflich auf.

Dearborn kam der Aufforderung zögernd nach. Fast schien es, als überlege er, ob er nicht lieber zum Yard zurückkehren wollte, anstatt am gleichen Tisch mit einem Jungen zu sitzen, dem immerhin mehrere Verbrechen angelastet wurden.

»Meine Mutter läßt grüßen, Dearborn«, sagte Randy und stopfte sich den Zipfel der Serviette in den Kragen seines abgetragenen Hemdes. »Ich habe ihr gesagt, daß ich meine Freiheit eigentlich nur Ihnen zu verdanken habe. Daraufhin wollte sie Ihnen einen selbstgenähten Kissenüberzug schicken, fürs gute Sofa im Wohnzimmer. Mit Schilfgras drauf und Enten, die über dem stillen Wasser eines kleinen Sees in luftiger Höhe flattern. Ich habe sie davon abgebracht, indem ich behauptete, Sie hätten nur eine kleine Wohnung, in der nicht einmal ein Sofa Platz hätte, mit schrägen Wänden und die Fenster auf einen dreckigen Hinterhof hinaus. Fast wie unsere Wohnung, verstehen Sie? Mutter glaubt, daß Sie deswegen ein so verständnisvoller Mensch sind, weil Sie eben auch nicht viel besser dran sind als die armen Leute von Notting Hill.«

»Man wird die alten Häuser dort bald abreißen. Ich bin sicher, daß dabei einige schlimme Rattennester auftauchen.«

»Ganz bestimmt, Inspektor«, sagte Randy höhnisch. »Die Leute dort haben alle irgendwas auf dem Kerbholz. Mutter natürlich nicht. Aber viele klauen sich durch den Winter, verstehen Sie. Und wenn's was zu tun gibt für ein paar Shilling, dann fragt keiner, was das Gesetz dazu sagt. Das Gesetz füttert uns nicht, verstehen Sie. Das Gesetz ist eigentlich nur dazu da, armen Leuten das Leben noch schwerer zu machen.«

Dearborn runzelte die Stirn. »Was soll das, Manfred?« sagte er unwirsch. »Muß ich mir hier eine Predigt anhören, an der ich kein Interesse habe, oder wird aus unserem Zusammensein vielleicht noch eine friedliche Tischrunde?«

»Randy will nicht unhöflich sein, Inspektor«, sagte Manfred lächelnd. »Nicht wahr, Randy, du verstehst schon, daß der Inspektor nicht für die schlimmen Zustände in eurem Wohnquartier verantwortlich ist.«

»Natürlich. Ich wollte eigentlich nur sagen, daß es mir nicht so leichtgefallen ist, heute hierherzukommen.«

»Natürlich nicht«, brummte Dearborn. »Immerhin hast du ja ein beeindruckendes Vorstrafenregister.«

»Nichts, worauf man stolz sein könnte«, grinste Randy.

»Flucht aus der Strafanstalt, zum Beispiel.«

»Wer will denn so spitzfindig sein, Verehrtester«, sagte Leon Gonsalez ernst. »Randy hat inzwischen dazugelernt.

Nicht nur ließ er sich dazu überreden, in aller Heimlichkeit eine Schule zu besuchen und richtig schreiben, lesen und rechnen zu lernen, er hat auch versucht, ein ehrliches Dasein zu fristen.«

»Das heißt, ich habe nicht mehr geklaut, Dearborn«, beteuerte Randy und hob wie zum Schwur seine Hand. »Ehrenwort. Sie können meinetwegen Elias, den Weisen, fragen, der kennt mich genau, und der lügt nie.«

»Wovon lebst du denn? Ich meine, aus einem Flegel wie dir wird doch nicht Nullkommaplötzlich ein Musterknabe?«

»Ich versuch halt, mich durchzuschlagen. Einfach ist das nicht. Ich habe einen Job in der Schlachterhalle des Central Markets. Ziemlich unangenehme Arbeit, ständig totes Fleisch rumzutragen, das blau gestempelt ist.«

»Und wo treibst du dich sonst rum? Wieso haben wir dich nicht gefunden?«

»Er macht Abendkurse«, antwortete Poiccart auf den ersten Teil der Frage und schöpfte die Suppe in die Teller auf dem Tisch. »Er ist ein ganz anderer Mensch geworden, Inspektor. Nicht wahr, Randy, du bist dir im klaren darüber, daß es nur diesen Weg gibt, wenn du aus dem ganzen Schlamassel rauskommen willst?«

»Ich hatte nie vor, am Galgen zu enden«, sagte Randy. »Können wir jetzt mit dem Essen beginnen?«

»Aber natürlich.« Poiccart setzte sich ebenfalls, und Randy wünschte allen einen guten Appetit. »Lassen Sie es sich schmecken, Dearborn. Einen besseren Koch als Mr. Poiccart gibt es in ganz London nicht.«

»Das ist nett von dir, so was zu sagen«, nickte Poiccart. »Wenigstens weiß einer hier die Vorzüge bester französischer Küche zu schätzen.«

»Was ist das für eine Suppe? Französisch?« Dearborn schmatzte. »Schmeckt ausgezeichnet.«

»Das ist eine wunderbare Elsässer Schneckensuppe mit

auserlesenen Weinbergschnecken, fein gehackt und dezent gewürzt, mein Lieber.«

Dearborn verdrehte die Augen und kippte beinahe vom Stuhl. Er hatte im Leben noch nie Schnecken gegessen, auch nicht als Suppeneinlage.

Nach dem Essen, während sie auf das Dessert warteten, klärte George Manfred den Inspektor kurz über den Fall des verschwundenen Mädchens auf. Auch wenn Dearborn überrascht war, daß Manfred in der kurzen Zeit bereits einen Hauptverdächtigen gefunden hatte, ließ er es sich nicht anmerken. Im Gegenteil, er unterbrach Manfred nur einmal und behauptete, er hätte von seinem direkten Untergebenen, Kriminalunterkommissar Peter Roos, eine Liste mit allen Künstleragenturen aufstellen lassen, weil er selbst schon auf die Idee gekommen sei, daß es sich bei dem verschwundenen Mädchen um eine Schauspielerin oder so etwas Ähnliches handeln könne. Das klang ziemlich unwahrscheinlich, aber Manfred hatte nicht die Absicht, den Inspektor in Verlegenheit zu bringen. Als er ihm aber erzählte, daß Mister Homer Lynne offenbar ein Doppelleben führte und am internationalen Mädchenhandel zumindest beteiligt war, da schüttelte der Inspektor nur den Kopf.

»Für diese absurde Idee habe ich überhaupt keinerlei Verständnis, Manfred«, sagte er und schaute zu, wie Poiccart Pfirsiche flambierte. »Mr. Lynne ist zwar kein Freund von mir, aber ich bin sicher, daß er zu jenen unbescholtenen Bürgern Londons gehört, denen solch ein abscheuliches Verbrechen niemals zuzutrauen ist.«

»*Ich* bin aber absolut sicher, daß Mr. Homer Lynne mit dem verschwundenen Mädchen etwas zu tun hat«, sagte Manfred fest. Er erzählte kurz, worauf seine Vermutung begründet war. Als er von Señor Mandez berichtete und von dem neugeschriebenen Blatt einer Namenliste, winkte Dearborn ab.

»Unmöglich, Manfred!« beharrte er. »Mr. Lynne ist über jeden Verdacht erhaben, und es wäre mir äußerst peinlich, wenn . . .«

»Sie haben doch gehört, was Mr. Manfred eben gesagt hat«, unterbrach Randy Rowley den Inspektor heftig. »Es ist Ihnen doch nur allzugut bekannt, daß das Silberne Dreieck niemals irrt.«

»Oh, dies zu behaupten, wäre äußerst übertrieben«, lächelte Poiccart und trug das Dessert auf. »Aber du hast schon recht, mein Junge. In diesem Fall müßte man sich eigentlich auf das Beobachtungs- und Kombinationstalent unseres Freundes George Manfred verlassen können. Schließlich handelt es sich um ein besonders hübsches Mädchen.«

»Und wenn es Mrs. Tripplestick wäre, die verschwunden ist, ich würde nicht eher Ruhe geben, als bis dieser unbescholtene Mr. Lynne in seiner schmutzigen Weste vor Gericht steht.«

»Noch ist nichts erwiesen«, sagte Leon Gonsalez ernst. »Aber nach dem, was du erzählt hast, droht dir zumindest ab heute Gefahr, George. Ich bin sicher, daß Lynne versuchen wird herauszufinden, wer du wirklich bist.«

»Deswegen habe ich mir in einem kleinen Hotel in Pimlico ein Zimmer mit Bad gemietet. Mein Name im Gästebuch ist Mr. Dryden. Sobald ich das Haus in der Pennerthon Road verlassen hatte, fiel mir ein Mann auf, der mir folgte. Es wäre mir zwar ein leichtes gewesen, ihn abzuschütteln, aber ich ging direkt in das Hotel, blieb zwei Stunden dort und verließ es dann durch den Hinterausgang. Ich bin sicher, daß der Mann dort inzwischen nach mir gefragt hat.«

»Und was sind Ihre weiteren Pläne?« fragte Dearborn.

»Sobald unsere Unterredung hier zu Ende ist, kehre ich in das Hotel zurück. Vielleicht gelingt es mir, bald herauszufinden, mit wem wir es wirklich zu tun haben.«

»Ich dachte, das wüßten Sie.«

»Lynne?« Manfred nickte. »Der macht sich die Finger nicht schmutzig. Dafür hat er diesen Señor Mandez und dieses Totenkopfgesicht, das hinter mir hergeschlichen ist. Ein außergewöhnlich knochiger Mann, dessen Augen tief in den Höhlen liegen. Einmal, als ich in ein Schaufenster blickte, ging er dicht an mir vorbei, und mir war, als könnte ich sein Skelett rasseln hören.«

»Die Pfirsiche schmecken hervorragend, Mr. Poiccart«, sagte Randy Rowley.

»Das freut mich, Randy. Und nimm dir noch ein Makronentörtchen. Weißt du, ich habe eben daran gedacht, daß wir vielleicht einmal deine Mutter und deine Schwester zum Dinner einladen sollten. Was hältst du davon?«

»Die würden sich bestimmt riesig freuen. Oder vielleicht auch nicht. Wer weiß. Mutter geht nur selten aus dem Haus. Höchstens, wenn sie den Müll runterträgt.« Randy lächelte. »Nein, ich glaube doch nicht, daß das eine gute Idee wäre, Mr. Poiccart. Mutter käme sich wahrscheinlich ganz verloren vor.«

Poiccart nickte. Inzwischen kannte er die Verhältnisse, in denen Randy aufgewachsen war, gut genug. Und obwohl jetzt Randy seit einigen Wochen ein paar Shillinge verdiente, gehörte seine Familie zu der ärmsten Bevölkerung dieser Stadt.

»Was soll denn der Junge hier mit dem Fall zu tun haben?« fragte Dearborn und wischte sich mit der Serviette den Mund ab. Er schwitzte von dem reichlichen Essen, und es war nicht nur George Manfred aufgefallen, daß er heimlich unter dem Tisch den Hosengürtel aufgemacht hatte.

»Randy stellt uns einen Lockvogel zur Verfügung«, sagte Manfred ruhig. »Ein Mädchen, das keine Eltern hat und keine näheren Verwandten; darauf haben es Leute wie Lynne abgesehen.«

»Was für ein Mädchen?«

»Meine Freundin«, sagte Randy.

»Deine Freundin? Hast du denn eine Freundin?«

»Liza.« Randy sagte den Namen, als ob er für die Männer am Tisch von Bedeutung wäre.

Dearborn hob die Brauen. »Liza?« fragte er.

»Liza von nebenan«, sagte Randy.

»Well, wie alt ist Liza denn?«

»Achtzehn.«

Dearborn hob die Brauen noch höher. »Und sie soll deine Freundin sein? Ein Mädchen, das hundert Jahre älter ist als du? Manfred, ich kenne zwar Ihre Pläne nicht, aber ich glaube nicht, daß ich es verantworten könnte, mit einem entlaufenen Sträfling und seiner Freundin gemeinsame Sache zu machen.«

»Auch nicht, wenn Sie dadurch ein Menschenleben retten können, Inspektor?« fragte Manfred scharf. »Vergessen Sie für einen Moment Randys alte Sünden. Denken Sie nur daran, daß Ihnen ein Mädchen regelrecht durch die Finger schlüpfte, weil Sie nicht aufmerksam genug waren. Dieses Mädchen ist verschwunden und entweder bereits ermordet worden, oder es wird irgendwo gefangengehalten. Wir haben einen Verdächtigen, dem niemand ein Verbrechen zutraut und an den wir deshalb nur mit großen Schwierigkeiten herankommen können. Homer Lynne gibt sich nicht leicht eine Blöße, darauf können Sie Gift nehmen. Und wenn Sie ihn als einen üblen Mädchenhändler entlarven wollen, müssen Sie sich schon etwas Besonderes einfallen lassen, mein Lieber.«

»Liza stellt sich freiwillig als Lockvogel zur Verfügung«, erklärte Randy. »Unter einer Bedingung allerdings.«

»Scotland Yard soll die Fahndung nach Randy Rowley einstellen, solange Liza im Einsatz ist.«

»Und danach?« fragte der Inspektor grimmig. »Danach verschwindet er wieder in der Unterwelt. Nein, das kommt absolut nie in Frage. Scotland Yard macht keine krummen Geschäfte.«

»Well, ich habe heute nachmittag mit Sir John telefoniert«, sagte Leon Gonsalez mit einem hintergründigen Lächeln in seinem schmalen Gesicht.

»Sir John wer?« knurrte Dearborn. »Doch nicht etwa *unser* Sir John?«

»Genau der. Ich habe ihm klargemacht, daß Sie, Verehrtester, drauf und dran sind, einige ungeheuerliche Enthüllungen zu machen und einen Verbrecherring auffliegen zu lassen, von dessen Existenz noch niemand eine Ahnung hat. Und wissen Sie, was Sir John gesagt hat? ›Dieser verteufelte Snake-Eye kriegt selbstverständlich freie Hand, damit er ungehindert schalten und walten kann.‹ Das hat Sir John gesagt, Verehrtester. Und daß er Sie voll deckt, was immer auch Ihre Entscheidungen sein werden. Er vertraut Ihnen wie keinem sonst, und ich glaube, eine Lohnaufbesserung wäre Ihnen genauso sicher wie eine erneute Auszeichnung, wenn es Ihnen gelänge, über Ihren eigenen Schatten zu springen und sich nicht so saudämlich anzustellen.«

Dearborn starrte Leon völlig verwirrt an. So lange hatte er ihn noch nie reden hören; sozusagen, ohne einmal Luft zu holen.

Langsam wich Dearborn das Blut aus dem Kopf. Seine Augen wurden noch kleiner, und an seinen Schläfen schwollen die Adern. »Wollen Sie mich etwa auf den Arm nehmen, Gonsalez?« fragte er drohend.

»Absolut nicht, Verehrtester. Außerdem habe ich zwei Eintrittskarten für das Spiel zwischen den Hotspurs und Liverpool.«

Dearborn sah für einige Sekunden richtig krank aus. Er kämpfte mit sich, und als er damit fertig war, hatte er ein siegesgewisses Lächeln in den Mundwinkeln.

»Selbstverständlich müßte die Sicherheit deiner Freundin unter allen Umständen garantiert sein, Randy«, sagte er und lehnte sich im Stuhl zurück. Irgendwie war es ihm gelungen, sich in den wenigen Minuten davon zu überzeugen, daß er selbst auf die Idee gekommen war, einen Lockvogel zu benutzen, um ein wahrscheinliches Verbrechen aufzuklären. »Außerdem lasse ich diesen Señor Mandez überwachen. Sobald wir mehr über seine täglichen Gewohnheiten in Erfahrung gebracht haben . . .«

»Vorerst, mein lieber Inspektor, werden Sie gar nichts«, unterbrach ihn Manfred. »Wir haben Sie nur hierher gebeten, damit unser Handeln sozusagen rechtmäßig abgesichert ist. Wegen Randy. Er will es von Ihnen schriftlich haben, daß Scotland Yard die Fahndung nach ihm einstellt.«

Poiccart erhob sich, ging zu einem Sekretär und holte Schreibzeug hervor. »Wollen Sie bitte diktieren, Inspektor«, sagte er und stieß die feine goldene Feder sachte ins Tintenfaß, während er unverbindlich lächelte.

5. Kapitel
Gefangen

Das Halford Inn war eines jener kleinen versteckten Hotels in der Nähe des Victoria-Bahnhofes, von deren Existenz nur Eingeweihte wußten. Das Haus war alt, aus Backsteinen gebaut und zwischen zwei anderen Gebäuden eingeklemmt, als müßte es gestützt werden, damit es nicht auseinanderfallen konnte.

Zwei Stufen führten zu einem schmalen Eingang hoch, über dem ein verwittertes Schild hing. Neben der Tür lag ein graugefleckter Bastardhund, der auf einem Auge blind war. Ein alter Mann stocherte mit einem Gehstock in einem Mülleimer herum.

Es war längst dunkel, als Manfred in dem Hotel ankam. Er war von der Curzon Street aus zu Fuß gegangen, um nach dem ausgiebigen Essen etwas frische Luft zu kriegen. Ein Stück hatte ihn Randy Rowley noch begleitet, aber nur bis dorthin, wo er sein Motorrad abgestellt hatte, ein BSA, die möglicherweise nicht einmal zugelassen war. Manfred hatte Randy so nebenbei gefragt, ob das Motorrad eventuell irgendwann, irgendwo und von irgendwem entwendet worden sei, worauf Randy geantwortet hatte, daß schon alles in bester Ordnung sei.

»Wenn Sie wollen, fahr ich Sie zum Hotel«, hatte Randy angeboten, aber Manfred wollte nicht, daß man sie zusammen sah. Es konnte nämlich gut sein, daß ihm Mandez inzwischen einen Schatten bereitgestellt hatte, der beim Hotel auf ihn wartete.

Das Halford Inn befand sich in der Alderney Street, einer schmalen Straße mit Kopfsteinpflaster. Schräg gegenüber des Einganges brannte eine Straßenlaterne, die eine

Litfaßsäule beleuchtete. Manfred glaubte für einen Moment einen Schatten wahrnehmen zu können, der kurz aus einer Hausnische ins Licht der Laterne glitt und dann sofort hinter der Litfaßsäule verschwand.

Ohne sich weiter darum zu kümmern, betrat Manfred das Haus. Es roch nach Bohnerwachs. Jemand hatte am Nachmittag den Holzboden im Flur gebohnert. Das Gästebuch auf einem kleinen halbrunden Tisch war noch immer auf der Seite aufgeschlagen, auf der sich Manfred eingetragen hatte. Zimmer 7. Ein neuer Gast hatte sich inzwischen eingetragen. James Pelham, stand in steiler Handschrift unter dem Namen Dryden.

Da aus der kleinen Wohnung hinter dem Empfang Licht durch den Türspalt drang, klopfte Manfred an. Eine ziemlich dicke Frau öffnete ihm und fragte nach seinen Wünschen.

»Hat jemand während meiner Abwesenheit nach mir gefragt?«

»Ja. Am Nachmittag. Ein Herr wollte wissen, wann Sie zurückkehrten, da er Sie in einer dringenden Sache zu sprechen wünschte.«

»Einen Namen hat er nicht gesagt?«

»Nein.«

»Könnte Broderick gewesen sein«, sagte Manfred nachdenklich. »Wie hat er denn ausgesehen? Mager vielleicht, mit einer ziemlich ungesunden Gesichtsfarbe?«

»Beinmager. Ein furchtbarer Anblick, solche Menschen. Wissen Sie, es gibt zwar Leute, die behaupten, ich sei fett, aber dieser Mensch ... spindeldürr«, sagte die Dicke verächtlich.

»Dann war es Broderick«, lächelte Manfred, der gar keinen Broderick kannte. Er nahm den Schlüssel vom Brett. »Sonst war niemand mehr hier?«

»Wir kriegten noch einen Gast. Ein Mr. Pelham. Er hat Nr. 8. Da es schon nach zehn Uhr ist, bitte ich Sie, leise zu sein. Mr. Pelham hat eine lange Reise hinter sich und schläft wahrscheinlich schon.«

»Ich schleiche mich auf mein Zimmer, Gnädigste«, beteuerte Manfred, und zum Zeichen, daß es ihm ernst war, zog er am Fuß der Treppe die Schuhe aus. Dann ging er so leise wie möglich nach oben. Nur die Treppe knarrte. Die Dicke schaute ihm nach, bis er beim Ende der Treppe ankam. Dann ging sie in ihre Wohnung zurück und verriegelte die Tür.

Manfred warf einen Blick auf die Tür mit der Zahl 8. Ein Paar Schuhe stand davor. Schwarze, schmale Schuhe. An beiden war der Absatz etwas schief gelaufen. Manfred blieb vor seiner Zimmertür stehen. Lange verharrte er regungslos. Kein Geräusch war zu hören. Manfred stellte seine Schuhe auf den Teppich vor der Tür. Dann machte er auf. Es war dunkel im Zimmer. Manfreds rechte Hand glitt langsam in den Mantel, bis seine Finger den Griff der Pistole berührten, die er in einem Schulterfutteral trug. Er zog die Pistole heraus. Dann machte er einen Schritt in das Zimmer und betätigte den Lichtschalter.

Das Zimmer war leer, die Vorhänge zugezogen. Manfred atmete erleichtert auf und ließ die Hand mit der Pistole sinken. Er machte die Tür hinter sich zu, und als es wieder still war, konnte er leise Schnarchtöne hören, die durch die dünne Trennwand zwischen seinem Zimmer und dem von James Pelham drangen. Pelham schien tatsächlich zu schlafen.

Careen Faver fror.

Es mußte Nacht sein. Feuchte, kalte Luft kroch von irgendwoher in das finstere Verlies. Sie hatte keine Ahnung, wo und wie lange sie schon eingesperrt war. Sie hatte schon fast jeden Sinn für Zeit und Raum verloren. Eine bleierne Müdigkeit betäubte sie immer mehr. Manchmal fiel sie in einen unruhigen Dämmerschlaf, nur um wenig später wieder aufzuschrecken. Ihr Gefangenendasein verfolgte sie überall hin, auch in ihre wirren Träume. Einmal wachte sie schweißgebadet auf. Danach fror sie, bis sie nicht mehr verhindern konnte, daß ihre Zähne wie im Krampf gegeneinanderschlugen. Sie versuchte sich zu bewegen, aber sie wurde nicht warm.

Irgendwann hörte sie ein Geräusch, das leise durch das alte Gemäuer drang. Motorengeräusch. Careen hauchte in ihre kalten Hände. Nur ihr Kopf schien so heiß zu sein, daß ihre Augen brannten.

Das Motorengeräusch verstummte. Eine Autotür wurde zugeschlagen. Leise Stimmen erklangen, und kurze Zeit später drang ein schmaler Lichtstreifen unter der Bohlentür hindurch in Careens Verlies.

Sie richtete sich erwartungsvoll auf. War jemand gekommen, um sie zu befreien?

Sie konnte Schritte hören, die lauter wurden. Jemand kam die Steintreppe herunter. Der Lichtstreifen unter der Tür wurde von Schatten durchbrochen. Schlüssel klirrten, und dann machte ihr buckliger Wächter die Tür auf.

Careen drückte sich in das Mauereck zurück. Hinter dem Buckligen, der ihr Wächter war, stand eine dunkle Gestalt, und Careen konnte nicht viel mehr sehen als einen hellen Schimmer. Trotzdem erkannte sie den Mann sofort. Es war Mr. Lynne, der in den kleinen Raum trat.

»Fürchte dich nicht, mein Kind«, sagte er, und seine Stimme hallte von den nackten, grauen Mauern zurück. »Ich bin nicht hergekommen, um dir Böses zu tun.«

»Bitte lassen Sie mich frei!« stieß Careen hervor, und sie erschrak über den Klang ihrer eigenen Stimme. »Ich will raus aus diesem Kerker.«

»Das kann ich gut verstehen, mein Kind«, sagte Mr. Lynne und knipste seine Taschenlampe an. Der Lichtkegel kroch über die Mauersteine und den Boden, dann an der Pritsche hoch und über ihre angezogenen Beine. Als der

Lichtkegel auf ihrem Gesicht verharrte, schloß sie geblendet die Augen.

»Ich habe Ihnen nichts getan«, stieß Careen flehend hervor. »Und ich verspreche Ihnen, daß ich nichts verraten werde.«

»Du siehst nicht besonders gut aus, mein Kind. Hat man dir denn keine Decke gegeben? Und nichts zum Essen?«

Sie schluchzte, und obwohl sie die Lider fest zudrückte, konnte sie die Tränen nicht zurückhalten.

»Na, wer wird denn gleich zu weinen anfangen?« hörte sie Lynne sagen. »Careen, du verstehst doch, daß du dir diese Suppe ganz allein eingebrockt hast, nicht wahr?«

»Ich . . . ich habe nichts getan.«

»Nein, du hast nichts getan. Du bist nur aus Marseille davongelaufen und hast von Paris aus mit Scotland Yard telefoniert. Careen, wenn meine Leute nicht sofort reagiert hätten, wäre ein ganz gewaltiger Schaden entstanden. Stell dir vor, wie viele Mädchen sich auf mich verlassen, da draußen in der großen weiten Welt. Sie alle wissen, daß sie sich mit ihren Sorgen und Nöten jederzeit mir anvertrauen können. Sie alle wissen, daß sie ihre Karriere nur mir zu verdanken haben, und deshalb sind sie mir auf ewige Zeiten dankbar.«

Careen machte die Augen auf und duckte sich, so daß sie der Lichtkegel nicht mehr traf.

»Das stimmt nicht, Mr. Lynne«, stieß sie mit tränenerstickter Stimme, aber nicht ohne Trotz, hervor. »Sie versprechen uns Engagements als Tänzerinnen oder Schauspielerinnen, aber wenn wir dann im Ausland sind, sieht die Wirklichkeit ganz anders aus.«

»Schlimm?« Mr. Lynne lachte. »So schlimm doch auch wieder nicht, oder? Du hättest dich doch jederzeit an mich wenden können, das wußtest du doch. Wenn es Grund gab zur Unzufriedenheit, dann hätte ich davon erfahren sollen. Statt dessen bist du bei Nacht und Nebel davongelaufen wie eine unartige Göre.«

»Weil man mich sonst verkauft hätte.«

»Wer hätte dich verkauft?«

»Die Leute in Marseille. Es war schon alles abgemacht. Man hätte mich für zehntausend Francs verkauft. Außerdem hatte ich in Marseille kein Tanzengagement, Mr. Lynne.« Careens Stimme gewann an Kraft. »Ich arbeitete in einer üblen Hafenspelunke wie eine Sklavin. Ich kriegte nur einen Teil von dem Geld, das mir die Gäste gaben. Sonst bekam ich keinen Lohn. Und wir lebten buchstäblich von Brot, Fisch und Wasser. Mr. Lynne, davon war nie die Rede gewesen.«

»Es scheint tatsächlich, daß man dich falsch plaziert hat.« Lynne lachte leise. Es war ein nervöses Lachen. »Ein Mißverständnis, mein Kind. So was kann schon mal passieren. Ich müßte mich halt um alles kümmern, aber das ist unmöglich, bei der Anzahl der jungen Künstler, die ich betreue.«

»Wenn das so wäre, warum haben Sie dann Angst davor, daß ich mich mit Scotland Yard in Verbindung setze?« fragte Careen schnell.

»Oh, das ist doch leicht zu verstehen, mein Kind. Ich habe immerhin einen ungetrübten Ruf, der durch eine solche Angelegenheit leicht zu Schaden kommen könnte. Selbst wenn es sich um Unwahrheiten handelte und um Mißverständnisse, würde Scotland Yard eine Untersuchung vor der Londoner Presse nicht verheimlichen können. Mein Kind, für mich und alle die Künstler, die sich mir anvertraut haben, wäre das ein furchtbarer Schlag.«

Careen wußte, daß er nicht die Wahrheit sprach. Sie hatte immerhin während einiger Monate hinter die Kulissen sehen können, die eine finstere Welt der Sünde und des Verbrechens verbargen. Sie fragte sich nur, warum sich dieser Homer Lynne die Mühe gab, ihr etwas vorzuheucheln. Obwohl Careen kaum mehr die Kraft hatte, sein Spiel mitzumachen, erkannte sie die Chance, die sich ihr bot. Sie mußte nur versuchen mitzumachen. Sie mußte versuchen, stark zu sein und ihn zu täuschen.

»Du vertraust mir nicht, mein Kind«, sagte er, als hätte er ihre Gedanken erraten. »Du glaubst, daß ich dich mit Absicht diesem Gesindel in Marseille ausgeliefert habe, nicht wahr?«

Careen senkte den Kopf. »Ich ... ich weiß es nicht«, seufzte sie. »Mir war so elend in dieser fremden Stadt und von lauter fremden Menschen umgeben. Ich habe mir das alles ganz anders vorgestellt, als Sie mir sagten, daß ich ein Engagement in Frankreich hätte.«

»Wenn du mir nur glauben könntest, daß ich es gut mit dir gemeint habe, mein Kind«, sagte er.

Careen beobachtete unter den Lidern hervor, wie er zur Pritsche kam. Er ließ sich schweratmend darauf nieder und knipste die Lampe aus. Durch die offene Tür fiel genügend Licht. Der bucklige Mann in der Mönchskutte lehnte an der Mauer und stierte auf den feuchten Boden nieder.

»Es waren doch nicht nur fremde Menschen, mit denen du in Marseille zusammen warst, nicht wahr?« sagte Mr. Lynne plötzlich. Und Careen überhörte den lauernden Tonfall seiner Stimme nicht. »Ich meine, da waren doch noch andere Mädchen. Diana Kendal, zum Beispiel.«

»Diana ging mit einem Mann nach Südamerika«, sagte Careen leise.

»Oh? Ja, natürlich. Das stimmt. Man hat mir von dieser außergewöhnlichen Tournee einer Tänzergruppe durch die sieben Staaten Süd- und Mittelamerikas berichtet. Schön für Diana, daß sie dazu ausgesucht wurde. Sie ist ein wunderbares Mädchen. Außergewöhnlich talentiert. Ich bin sicher, daß sie Karriere machen wird. Genau wie Margaretta Estcourt. Du hast doch von Margaretta gehört, nicht wahr? Man ist in den USA dabei, einen großen Hollywood-Star aus ihr zu machen.«

»Ich habe davon in der Zeitung gelesen.«

»Na, siehst du. Margaretta hat auch klein angefangen. Ebenfalls in Marseille, wenn ich mich recht erinnere. Und jetzt ist sie so berühmt, daß man ihr einen roten Teppich auslegen wird, wenn sie nach London zurückkehrt. Möchtest du nicht auch berühmt werden, mein Kind?«

»Ja. Doch, ich möchte ein Star sein. Ich kann tanzen. Ich weiß, daß ich tanzen kann.«

»Sicher kannst du tanzen, mein Kind. Careen Faver, Primaballerina an der Mailänder Oper. Na, wie hört sich das an? In Nerz gekleidet. Einen Rolls-Royce mit Chauffeur. Cocktailpartys, zu denen die Welt geladen ist. Na, mein Kind, ist das nicht ein wunderschöner Traum?«

Careen hob den Kopf. Sie zwang ein vages Lächeln in ihr Gesicht. »Der Traum müßte Wirklichkeit werden, Mr. Lynne.«

»Aber natürlich, mein Kind. Träume sind Schäume, sagt man, nicht wahr. Aber dieser Traum kann leicht Wirklichkeit werden. Genau wie bei Margaretta. Wer hätte das gedacht. Sie hat zweifellos Talente, aber ich glaube auch nicht, daß du es schwerer haben würdest, Careen.« Er streckte eine Hand aus und legte sie ihr auf die Schulter. Sie mußte sich anstrengen, damit sie nicht zusammenzuckte, als er sie berührte. »Careen Faver«, sagte er und lauschte hingebungsvoll dem Namen nach. »Was für ein Name. Einmal wird er in aller Munde sein.«

»Ich will nicht mehr nach Marseille zurück«, sagte Careen leise und ohne ihn anzusehen.

»Aber selbstverständlich nicht, mein Kind. Davon kann keine Rede sein. Nein, ich glaube, ich habe da schon etwas für dich. New York. Eine Broadway-Aufführung. Nichts Großes, aber ein Anfang, den wir uns nicht entgehen lassen sollten.«

Careen blickte auf. Ihre Augen waren groß. Sie drückten Neugier aus. Und noch immer eine winzige Spur von Wachsamkeit. Sie kannte ihre Augen. Sie konnte Gefühle zur Schau stellen, von denen sie überhaupt nichts spürte. Das hatte sie gelernt. Zu Hause vor dem Spiegel. Im Ballettunterricht. Und später . . . in Marseille. Ja, es wäre vielleicht auch eine gute Theaterschauspielerin aus ihr geworden.

»Vertraust du mir jetzt?« fragte Mr. Lynne.

»Ich . . . ich weiß nicht«, hauchte sie.

»Das mußt du schon, mein Kind. Du mußt mir vertrauen, auch wenn es dir schwerfällt, nach allem, was passiert ist. Ich will, daß du mir vertraust. Das ist die einzige Chance, die du wirklich hast.«

Der letzte Satz klang wie eine Drohung. Und das war er auch.

Careen merkte, wie die Angst in ihr wieder aufstieg. Wie kalte Finger, die nach ihrem Herz griffen. Sie versuchte, sich innerlich zu beruhigen. »Lassen Sie mich raus aus diesem Gefängnis«, sagte sie leise.

Er nickte. Der Griff seiner Hand auf ihrer Schulter verstärkte sich. »Sag mir, wer Mr. Dryden ist, mein Kind!«

»Mr. Dryden?« Careen hatte den Namen noch nie gehört. »Ich kenne keinen Herrn dieses Namens.«

»Lüg lieber nicht, mein Kind.«

»Ich lüge nicht.«

Die Finger seiner Hand gruben sich tief in ihre Schulter. Obwohl es schmerzte, gab Careen keinen Laut von sich.

»Ich muß wissen, wer Mr. Dryden ist.«

»Ich kenne ihn nicht.«

»Er ist ein noch junger Mann. Knapp über dreißig. Gut aussehend. Sportlich.« Mr. Lynne beschrieb ihr einen Mann, den sie nicht kannte. Auf jeden Fall konnte sie sich nicht erinnern, einen Mann zu kennen, auf den die Beschreibung gepaßt hätte. Sie schüttelte den Kopf, als er fertig war.

»Ehrlich, Mr. Lynne, ich kenne diesen Herrn nicht.«

»Könnte es sein, daß Diana ihn kennt?«

»Das weiß ich nicht. Wie Sie sich vielleicht denken können, hatten wir es in Marseille mit vielen Männern zu tun.«

»Und auf dem Weg von Marseille hierher, hast du vielleicht da mit einem solchen Mann Bekanntschaft gemacht?«

Sie dachte an den jungen Geschäftsmann aus London. Wie war noch sein Name gewesen? Er hatte sich ihr auf der Fähre vorgestellt, aber sie konnte sich jetzt nicht einmal mehr an sein Gesicht erinnern.

»Nein«, sagte sie nach kurzem Zögern.

Er lachte. »Eigentlich ist es nicht so wichtig, mein Kind. Ich werde herausfinden, ob du die Wahrheit sagst oder nicht. Noch in dieser Nacht wirst du mir alles sagen, was ich wissen will. Und danach entscheidet es sich, ob aus dir ein berühmter Star wird oder ob du in dieser alten Totengruft hier elend verkommst.«

Careen konnte nicht verhindern, daß sie schauderte. »Eine – Totengruft?« stieß sie mit angehaltenem Atem hervor.

»Das ist es«, nickte er. »Aus dem sechzehnten Jahrhundert. Als man hier Ausgrabungen machte, stieß man auf die Gebeine von über zwei Dutzend Menschen. Alles Mönche, die während einer Choleraepidemie in dieser Kammer hier ums Leben kamen. Man ließ sie einfach liegen und mauerte später die Tür zu. Slim sagt, daß er manchmal die Geister wimmern hören kann. Aber Slim ist nicht richtig da oben im Kopf, mein Kind. Ich glaube nicht, daß hier in diesem alten Gemäuer noch Geister hausen. Außer Slim und seinem Raben ist . . .«

Lynne brach ab. Von draußen drang erneut Motorengeräusch durch das Gemäuer. Oben krächzte der Rabe, den Careen wohl kannte und der ihr Furcht einjagte, so oft sie ihn sah. Lynne gab Slim einen Wink, und der Bucklige huschte lautlos die schmale Steintreppe hoch.

»Das könnte Mr. Dryden sein«, sagte Homer Lynne. Er drehte sich der Türöffnung zu und ließ dabei Careen für einen Moment aus den Augen.

Sekundenlang saß sie wie gelähmt auf der Pritsche. Tausend Gedanken wirbelten durch ihren Kopf. Und dann tat sie etwas, wozu sie die Angst trieb. Und die Verzweiflung. Sie sprang von der Pritsche herunter und rannte auf die Türöffnung zu. Mr. Lynne hörte wohl ein Geräusch, aber als er sich ihr zudrehen wollte, war es schon zu spät. Sie jagte an ihm vorbei und die Treppe hoch. Lynne kriegte nur noch ein Stück ihres Umhangs zu fassen. Stoff riß, und ein Fetzen von dem schwarzen Stoff blieb in seinen Fingern zurück, während Careen, immer zwei Stufen auf einmal nehmend, die Treppe hocheilte.

Oben war eine Tür, die offenstand. Careen rannte in eine große Halle hinaus, die eine gewölbte Decke hatte. Die Fenster waren alle klein und schmal. Fast wie Schießscharten. Die alten, rissigen Mauern waren kahl. Auf dem Boden lag kein Teppich. Nicht ein einziges Möbelstück stand in der Halle, von der eine breite Steintreppe ins nächste Stockwerk führte.

Careen blieb kurz stehen. Sie wußte für einen Augenblick nicht, wohin. Aber dann sah sie, daß ein Flügel des großen Tores nur angelehnt war, und rannte darauf zu. Sie hörte Stimmen draußen. Und dann gewahrte sie einen Schatten, der aus einem dunklen Winkel der Halle auf sie zuschoß.

Careen schrie und hob schützend die Hände vors Gesicht. Im nächsten Moment fuhren ihr die spitzen Krallen des Raben durchs Haar und rissen ihr die Kopfhaut auf. Der Rabe flog über sie hinweg, und Careen wollte zum Tor laufen, das plötzlich aufgestoßen wurde.

Zuerst stürzte der bucklige Mann in der Mönchskutte in die Halle. »Willard!« rief er. »Was machst du denn da, Willard? Oh, du hast das Mädchen verletzt. Komm her und schäme dich. Komm!«

Der Rabe flog zu ihm und setzte sich auf seine Hand. Er streichelte den kleinen schwarzen Kopf des Vogels und lächelte dabei. »Sie sollten nicht versuchen, von hier wegzulaufen«, sagte er. »Willard läßt das niemals zu.«

Careen wich zurück. Blut sickerte aus ihrem Haar und lief ihr über die Stirn. Hinter Slim tauchten Gestalten auf. Drei Männer, die einen vierten in ihrer Gewalt hatten. Sie stießen ihn zwischen sich durch den Eingang in die Halle. Obwohl Careen den Mann noch nie gesehen hatte, erkannte sie ihn sofort nach der Beschreibung, die ihr Mr. Lynne gegeben hatte. Dieser Mann konnte kein anderer als Mr. Dryden sein.

Von den anderen kannte sie nur einen: den Priester. Aber er sah jetzt anders aus. Er war schwarz gekleidet und trug eine Pudelmütze, die er sich über die Ohren gezogen hatte. In der rechten Hand hielt er eine automatische Pistole mit aufgesetztem Schalldämpfer. Als er Careen in der Mitte der Halle stehen sah, verzog sich sein Mund zu einem hämischen Grinsen. »Wo willst du denn hin?« fragte er. »Du würdest dich da draußen nur verirren. Du würdest ins Moor laufen und darin versinken.«

Careen duckte sich. Einen Moment sah es aus, als wollte sie versuchen, die Männer über den Haufen zu rennen. Aber dann drehte sie sich so plötzlich um, daß alle überrascht wurden. Sie lief auf die Treppe zu, die zu einer Brüstung hochführte. Aus den Augenwinkeln sah sie Mr. Lynne in der Türöffnung auftauchen, von der die Treppe hinunter in den dunklen Keller führte. Er war krebsrot im Gesicht und hatte offenbar Mühe, Luft zu kriegen. Er taumelte Careen in den Weg, und sie stieß ihn heftig von sich, als er versuchte, sie festzuhalten. Ohne sich um ihn oder die anderen weiter zu kümmern, lief Careen durch die Halle weiter auf die breite Treppe zu. Sie sprang die Stufen hinauf, und als sie den ersten Absatz fast erreicht hatte, hörte sie den krächzenden Schrei über sich, der ihr durch

Mark und Bein drang. Ein Schatten fiel über ihr Gesicht, und im nächsten Moment spürte Careen, wie die spitzen Krallen der Rabenfüße durch ihren Umhang drangen und sich glühend in ihren Rücken bohrten.

Careen stolperte und stürzte. Vergeblich versuchte sie, den Raben abzuwehren. Seine Flügel peitschten ihr Gesicht, als er sich flatternd an ihr festkrallte. Der verzweifelte Schrei Careens hallte von den kahlen Mauern des Gebäudes zurück, und das Gekrächze des Raben mischte sich mit dem höhnischen Gelächter des kleinen Mannes in der Mönchskutte. Er allein war es, der Macht über den Raben hatte. Er allein hätte ihm den Befehl geben können, von Careen abzulassen. Aber der Bucklige lachte nur.

Die Männer, die George Manfred in ihre Gewalt gebracht hatten, verstanden ihr Handwerk. Besonders Mandez, der die Rolle eines kaltblütigen Verbrechers genauso spielte wie die eines Dieners. Nicht nur äußerlich sah er nun ganz anders aus, auch sein ganzes Gehabe hatte sich geändert. Nur wer ihn zuvor als Diener erlebt hatte, konnte erkennen, daß dieser Mann eigentlich ein glänzender Verwandlungskünstler war und ein überzeugender Schauspieler. Außerdem verfolgte der Südamerikaner mit den blauen Augen gnadenlos seine Ziele. Nicht einmal mehr Homer Lynne hätte ihn davon abhalten können, zum Schutze ihres Unternehmens gewisse Maßnahmen zu ergreifen, die auch einen abgefeimten Schuft wie Lynne in kaltes Grausen versetzten.

»Es befinden sich nunmehr zwei Gefangene in unserer Gewalt, die uns wie Kettenkugeln am Hals hängen, Sir«, sagte Mandez beinahe gelassen zu seinem Herrn, der am liebsten nach Hause gefahren und sich im Lärm von Tschaikowskys Konzertouvertüre ertränkt hätte. »Es geht nicht anders; wir müssen den Ballast loswerden, damit wir nicht Gefahr laufen, uns das Genick zu brechen.«

Lynne, der am Fenster stand und verzweifelt in das nebelverhangene Moor hinausstarrte, holte tief Luft. »Das Mädchen können wir bestimmt hinkriegen. Ich bin sicher, daß sie uns nie mehr Schwierigkeiten bereiten würde, wenn . . .«

»Wenn sie tot ist«, ergänzte Mandez kalt.

Lynne drehte sich um. Obwohl es kühl war in dem alten Gemäuer der verlassenen Abtei, stand ihm der Schweiß in winzigen Perlen auf der Stirn. »Solange wir nicht wissen, ob uns außer diesem Dryden noch andere auf der Spur sind, wäre es gefährlich, einen Mord zu begehen.«

»Was wollen Sie denn tun? Abwarten?« Mandez lachte spöttisch auf. »Nein, das können wir uns nicht erlauben. Careen Faver muß verschwinden. Und Dryden auch, wer immer er auch sein mag.«

»Hat man sein Gepäck im Halford Inn durchsucht?«

»Ja. Das wenige, was er hatte. Ein paar Hemden und Strümpfe. Keine Papiere. Nichts. Nicht einmal einen Paß. Ich bin sicher, daß er nicht der ist, für den er sich ausgibt. Aber wir werden schon noch alles erfahren. Ich habe ihn mit dem Mädchen zusammen eingesperrt.«

»Wozu soll das gut sein?« Lynne hob die Brauen.

Ein Lächeln umspielte kurz die Mundwinkel des Südamerikaners. Es war fast ein überhebliches Lächeln. So, als kontrolliere er das ganze Geschehen mit der Leichtigkeit eines genialen Schachspielers, für den alle Menschen nur Figuren auf einem Brett waren. »Was wir nur durch gewisse Gewaltanwendungen rausholen könnten, erzählt er Careen Faver freimütig, Sir«, erklärte er. »Das sind zwei Ertrinkende in einem sinkenden Boot. Wenn sie sterben, haben sie keine Geheimnisse mehr voreinander. Sie wissen nur noch nicht, daß sie nicht zusammen sterben werden.«

»Was haben Sie vor?«

»Nichts Besonderes. Wahrscheinlich werde ich Dryden zuerst umbringen. Danach wird uns Careen Faver ihre Geheimnisse leichten Herzens erzählen, um ihre eigene Haut zu retten.«

Mr. Homer Lynne schauderte. »Ihnen ist also Ernst damit.«

»Ja. Das ist kein Spiel mehr, Sir. Dazu bedrängt man uns zu sehr. Um es in einem Vergleich zu sagen: Wir stehen im Schach! Aber Sie können getrost in die Stadt fahren und mir den nächsten Zug überlassen, Sir. Ich verspreche Ihnen, daß man uns nicht mattsetzen wird.«

Homer Lynne nickte. Er wußte, daß er sich auf Mandez verlassen konnte, wie immer. Der Mann war Gold wert. Als er einige Minuten später die Abtei verließ und in seinen Wagen stieg, fühlte er sich schon etwas wohler. Er machte die Nebelscheinwerfer an. Es war dunkel. Als er langsam anfuhr, tauchten links und rechts der alten Landstraße die schwarzen Umrisse junger Tannen auf. Lynne hatte einen dünnen Landstreifen zwischen dem Moor und der Anhöhe, auf dem die alte Abtei mit dem Rabenturm stand, aufforsten lassen. Damit man aus keiner Richtung einen freien Blick auf das alte, halb zerfallene Gebäude hatte. Nicht einmal von den schwarzen Sümpfen aus, obwohl es dort draußen keine Menschenseele gab.

Manfred hatte sich aufgerichtet. Er lauschte angestrengt, aber es war alles still. So still, daß er den Atem eines anderen Menschen hören konnte, der sich im gleichen Raum mit ihm befand. War er schon dagewesen oder nach ihm gekommen? Er konnte sich an nichts erinnern.

Es war stockdunkel um ihn herum. Nur ein paar Meter von sich entfernt sah er einen schwachen Lichtstreifen, nicht mehr als einen Schimmer. Dort befand sich wahrscheinlich eine Tür, unter der ein schmaler Spalt war.

Manfred wußte nicht, wohin sie ihn geschleppt hatten. Im Halford Inn war er von zwei Männern überwältigt worden, kurz nachdem er sein Zimmer betreten hatte. Einer von ihnen war Mandez gewesen, Lynnes Diener. Von dem anderen hatte Manfred nicht viel gesehen und nichts gehört. Der andere war ihm eigentlich mehr als ein Schatten in Erinnerung geblieben, der plötzlich im Zimmer war und ihn mit einem harten Gegenstand niederschlug.

Noch schmerzte sein Kopf. Und er hatte eingetrocknetes Blut im Nacken. Nur allmählich funktionierten alle seine Sinne wieder. Er wußte nur nicht, ob er darüber froh sein sollte, denn es wurde ihm inzwischen immer deutlicher, wie ernst seine Lage war. Wo immer man ihn auch hingeschleppt hatte, niemand würde ihn hier finden. Darüber machte er sich keine Illusionen. Und da Mandez kein Narr war, der irgendwelche Risiken einging, waren Manfreds Lebenserwartungen nicht mehr die besten. Er war davon überzeugt, daß man längst geplant hatte, ihn umzubringen.

Manfred räusperte sich. »Darf ich vielleicht fragen, mit wem ich hier eingesperrt bin?« sagte er in das Dunkel hinein, und seine Stimme klang seltsam, so, als ob sie überhaupt nicht zu ihm gehörte.

Er bekam keine Antwort.

Wieder verstrich eine lange Zeit, ohne daß ein Geräusch zu hören war. Aber schließlich vernahm Manfred ein Rascheln. Stoff bewegte sich. Und dann kam eine leise Stimme aus dem Dunkeln.

»Wer sind Sie?« fragte eine Frauenstimme zögernd.

»Sagen Sie mir lieber zuerst, mit wem ich die Ehre habe«, entgegnete Manfred leise. »Ist Ihr Name vielleicht Diana?«

»Diana? Wie kommen Sie darauf?«

»Ich habe das Buch im Zugabteil gefunden. Mit dem Namen Diana darin. Wir nahmen an, daß das der Name des Mädchens ist, das auf der Fahrt zwischen Dover und London im Nachtexpreß verschwand.«

»Sind Sie etwa von Scotland Yard?«

»Nein.«
»Wer sind Sie?«
»Ich glaube nicht, daß ich Ihnen irgendwelche Fragen beantworten werde.«
»Warum nicht?«
»Weil man Sie wahrscheinlich irgendwann ausfragen wird. Dann ist es besser, wenn Sie nichts wissen.«
»Das verstehe ich nicht.«
»Vertrauen Sie mir. Dieser Mandez ist ein durchtriebener und gnadenloser Schuft. Wenn Sie nichts wissen, kann er Sie nicht lange quälen.«
»Wer ist Mandez?«
»So heißt der Mann, dem wir auf Gedeih und Verderb ausgeliefert sind.«
»Mr. Homer Lynne?«
»Nein. Jetzt trifft sein Diener die Entscheidungen, die uns betreffen.« Manfred beschrieb Mandez kurz, und zu seiner Überraschung behauptete das Mädchen im Dunkeln, daß es sich bei diesem Mann nur um jenen Priester handeln könnte, der sie aus dem Nachtexpreß entführt hatte. »Reverend Washburn. So nannte er sich. Aber damals hatte er keine so dunkle Gesichtshaut.«
»Vermutlich benützt er Theaterschminke. Er ist ein phänomenaler Schauspieler. Ich lernte ihn erst als Diener kennen und dann als Gangster. Und jetzt fällt mir auch ein, warum er mir so bekannt vorkam, als er mir im Haus von Lynne die Tür aufmachte. Snake-Eye, ich meine natürlich Inspektor Philander Dearborn vom Morddezernat, hatte mir den Priester beschrieben, der damals mit der Nonne am Arm an ihm vorbeihuschte.«
»Dann sind Sie doch ein Polizist?«
»Nein. Mein Name ist Dryden.«
»Das weiß ich. Mr. Lynne hat mir von Ihrem Besuch erzählt. Er wollte wissen, ob ich Sie kenne und was Sie wollen.«

»Ich wollte ihm eigentlich sein schmutziges Handwerk legen.« Manfred lachte leise auf. »Die Chancen stehen nun nicht mehr sehr gut.«

»Was wissen Sie über Mr. Lynne?«

»Nicht genug. Wir vermuten, daß er am internationalen Mädchenhandel beteiligt ist. Unter dem Deckmantel seiner Künstleragentur, die ja einen guten Namen hat.« Manfred rutschte auf dem Boden rückwärts, bis er mit dem Rücken gegen eine Mauer stieß. Er lehnte sich dagegen. »Wir vermuten, daß er junge Künstler an irgendwelche zwielichtigen Etablissements im Ausland verschachert, aber bis jetzt fehlen die Beweise. Wie Sie wissen, hat Mr. Homer Lynne nebst seiner blütenweißen Weste auch ausgezeichnete Beziehungen zu bedeutenden Persönlichkeiten im In- und Ausland. Es dürfte äußerst schwierig sein, ihn vor ein Gericht zu bringen, selbst wenn es für seine dunklen Machenschaften Indizien gibt. Die tatsächlichen Beweise fehlen uns.«

»Sie reden andauernd von ›uns‹. Ist denn sonst noch jemand bei Ihnen?«

»Nicht hier drin. Zum Glück. Aber ich bin nicht allein.«

»Dann besteht ja Hoffnung, daß man uns hier findet.«

»Das glaube ich leider nicht.« Manfred bewegte die Finger, in denen er kaum mehr Gefühl hatte. Die Fesseln an seinen Handgelenken schnürten ihm die Blutzirkulation ab. Auch seine Füße schienen schon langsam taub zu werden. »Sagen Sie mir lieber, wer Sie sind, wenn Sie nicht Diana sind.«

»Diana ist eine Freundin von mir. Ich traf sie in Marseille. Dann verschwand sie nach Südamerika, angeblich zu einer Tanztruppe. Sie gab mir das Buch, in dem ich auf der Reise zurück nach London gelesen habe. Als ich von Reverend Washburn genötigt wurde, das Nonnengewand anzuziehen, gelang es mir, das Buch zu verstecken. Außerdem ließ ich die Tasche fallen, als wir aus dem Wagen eilten. Er wollte erst zurücklaufen und sie holen, aber draußen stand der Inspektor, und da entschied er sich, einfach weiterzugehen. Er wußte ja, daß sich nichts Verräterisches in der Tasche befand. Meine Papiere hatte er zuvor an sich genommen.«

»Man fand eine Visitenkarte im Futter der Tasche«, sagte Manfred.

»Das hoffte ich. Er entdeckte die Visitenkarte nicht. Diana hat sie mir gegeben. Für den Notfall, hat sie gesagt. Wenn ich mal genug hätte von der ganzen Sache oder wenn ich Hilfe bräuchte. Dann sollte ich diesen Mann anrufen, einen Detektiv. Sie war kurz mit ihm befreundet, glaube ich. Sie hat ihn wohl während eines Skiurlaubs in der Schweiz kennengelernt. Genau weiß ich das nicht mehr. Auf jeden Fall würde er mir schon helfen, hat sie gesagt, und er sei der beste Detektiv in ganz London oder vielleicht von ganz England.«

»Diana?« fragte Manfred noch einmal, und während er den Namen aussprach, gingen ihm blitzschnell Gesichter durch den Kopf. Ein Mädchengesicht, bunte Skimütze, eine Nase mit Creme bepflastert, zwei Augen hinter dunklen Sonnenbrillengläsern, ein strahlendes, unbekümmertes Lachen.

»Sue Brown«, hörte er sich aus seinen Gedanken heraus leise sagen, während ihn seine Erinnerungen nach Engelberg zurückbrachten, an einen Steilhang unterhalb des Trübsees, den die Schweizer das Kanonenrohr nannten. Und dort, aus einer wirbelnden Schneewolke heraus, tauchte dieses hübsche, schmale Gesicht auf, mit Sommersprossen über der kleinen Nase und mit Schnee im Haar. »Wenn Sie mir raufhelfen, tanze ich heute abend den ersten Tanz mit Ihnen«, hatte das Mädchen gesagt und dabei gestrahlt, als wäre dieser Einfall eine Million Schweizer Franken wert.

»Den ersten und den letzten«, hatte er ihr geantwortet

und ihr dann aus dem Tiefschnee herausgeholfen; an ihrem linken Schuh hing nur noch ein Teil vom Ski, denn die Spitze war weggebrochen und lag irgendwo tief im Schnee vergraben.

»Sue Brown«, sagte Manfred noch einmal laut. »Die Kleine mit den Sommersprossen.«

»Was sagen Sie da?« fragte die Stimme aus dem Dunkeln. »Wer ist Sue Brown?«

»Wahrscheinlich nannte sie sich später anders. Diana, vielleicht.«

»Diana *hatte* Sommersprossen. Herrliche Sommersprossen.«

Für einige Sekunden blieb es still. Dann raschelte etwas, und Manfred spürte plötzlich die Nähe des Mädchens. Eine Hand tastete nach ihm. Kalte Finger berührten sein Gesicht. Die Hand fuhr zurück.

»Sie müssen ganz durchgefroren sein«, sagte Manfred. »Ihre Finger sind eiskalt.«

»Mir wird gleich warm«, sagte die Stimme. »Wenn Sie wissen, daß Diana Sommersprossen hat, dann müssen Sie dieser Mann sein, von dem sie die Karte hatte. Wenn das alles stimmt, dann sind Sie dieser Detektiv.«

»Vergessen Sie's.«

»Nein. Ich habe nur den Namen vergessen. Aber da war ein kleines silbernes Dreieck auf der Karte. Ja, daran erinnere ich mich gut. Das Silberne Dreieck. Davon habe ich schon gehört. Sie müssen ein Mann vom Silbernen Dreieck sein.«

Das Mädchen war jetzt ganz aufgeregt. Noch einmal tasteten ihre Hände nach Manfred. Er rührte sich nicht. Er versuchte nur, sich das Gesicht vorzustellen, dieses wunderbare Engelsgesicht, das der Zeichner vom Yard nach Angaben von William Powell zu Papier gebracht hatte. Und dabei wurde ihm ganz warm ums Herz.

»Sagen Sie mir Ihren Namen«, bat das Mädchen. »Bitte,

ich verspreche Ihnen, daß ich ihn niemals preisgeben werde, auch nicht, wenn mir mit dem Tode gedroht wird.«

»Nein. Sie wissen nicht, was uns bevorsteht. Es kann schlimm werden.«

»Ich weiß. Ich bin auf alles gefaßt. Manchmal wünsche ich, sie hätten mich umgebracht. Glauben Sie mir, ich fürchte den Tod nicht mehr. Ich habe zuviel erlebt.«

»Warum haben Sie nicht die Nummer angerufen, die auf der Visitenkarte steht? Warum haben Sie Scotland Yard angerufen?«

»Ich dachte daran. Zuerst wollte ich das Silberne Dreieck anrufen. Aber dann traute ich mich nicht mehr. Ich dachte, es ist sicherer, Scotland Yard um Hilfe zu bitten. Weil Lynne ja Gott und die Welt kennt.«

»Wie heißen Sie wirklich?«

»Faver. Careen Faver. Sie sollen mich Careen nennen, und Sie sollen nicht Sie zu mir sagen. Ich bin keine Lady, zu der man Sie sagt. Ich bin Careen Faver und eine Tänzerin.«

»Du bist ein Engel«, sagte Manfred leise. »Du bist schön wie ein Engel.«

»Wie könnten Sie das wissen. Sie haben mich nicht richtig gesehen.«

»Ich habe dein Gesicht gesehen.«

»Wo?«

»Auf einem Bild.«

»In der Zeitung. Ich war einmal in der Zeitung. Als ich sechzehn war. Ich tanzte im Odeon. Die Zeitung schrieb, daß ich ein großes neues Talent sei. Das ist jetzt eine Ewigkeit her.« Careen lachte leise. »Jetzt bin ich hier eingesperrt mit Ihnen, und ich weiß nicht einmal Ihren Namen. Bitte sagen Sie mir Ihren Namen.«

»Manfred«, sagte er. »George Manfred.«

»Das klingt deutsch.«

»Ja. Mein Vater war ein Deutscher. Die meisten meiner

Freunde nennen mich Manfred. Sag mir, was das P L auf dem Anhänger bedeuten soll, den wir in deiner Tasche gefunden haben.«

»Paul Loomis. Ein Freund aus Manchester. Ich habe ihn schon lange nicht mehr gesehen. Wahrscheinlich ist er längst verheiratet und hat sieben Kinder. Das wollte er immer. Sieben Kinder. Vier Mädchen und drei Buben.« Careen lachte. »Nein, er müßte ein paarmal Zwillinge bekommen haben, wenn er schon sieben Kinder haben soll. Seit ich in Marseille war, krieg ich das mit der Zeit nicht mehr so richtig hin. Manchmal denke ich, hundert Jahre sind vergangen, seit ich aus dem Waisenhaus davongelaufen bin. Manchmal denke ich, ich bin schon alt.«

»Erzähl mir, wie es in Marseille war. Erzähl mir alles. Vielleicht gelingt es mir doch freizukommen. Und dann möchte ich mit Lynne und Co. kurzen Prozeß machen.«

Careen Faver rutschte näher zu ihm hin, und er wünschte, er hätte einen Arm um sie legen und sie wärmen können. Aber er war an Händen und Füßen gefesselt, so daß er sich nur mühsam rühren konnte. Mit leiser Stimme fing Careen an, von ihrem Leben zu erzählen. Und Manfred hörte aufmerksam zu, ohne sie einmal zu unterbrechen. Nur manchmal kam in ihm der Zorn hoch. Dann wünschte er sich, er hätte Homer Lynne in die Finger gekriegt, und zwar nicht zu knapp.

6. Kapitel
Heiße Ware

Erst nachdem Mr. Homer Lynne zweimal vergeblich nach Señor Mandez gerufen hatte, fiel ihm ein, daß dieser sich ja gar nicht im Hause befand und deshalb auf das mehrfache Klingeln hin die Haustür gar nicht öffnen konnte.

Mr. Homer Lynne hatte hinter seinem Schreibtisch im Drehstuhl geschlafen. Genaugenommen hatte er die wenigen Stunden vor dem Morgengrauen ruhelos damit verbracht, Kreise zu drehen und mit dem Schicksal zu hadern, das ihm so plötzlich und so urgewaltig zusetzen wollte. Da half nicht einmal mehr Tschaikowsky. Da half nichts mehr. Mr. Homer Lynne fühlte sich elend. Irgendwie hatte er das Gefühl, in die Enge getrieben zu sein, im Stich gelassen von aller Freundlichkeit dieser Welt, verirrt im Morgengrauen, das nicht einmal mehr einen neuen Tag versprach.

Aber es wurde Tag.

Der Plattenspieler drehte sich noch. Er hätte nur den Arm auflegen müssen, und dann wäre das ohrenbetäubende Spektakel von neuem losgegangen.

Irgendwann klingelte es. Zuerst nur kurz. Beinahe zögernd. Dann anhaltend.

Mr. Homer Lynne rief nach Señor Mandez. Zweimal.

Ohne Erfolg.

Und schließlich erhob er sich aus dem Drehstuhl und ging hinunter. Draußen, im Grau des neuen Tages, stand ein Mädchen. Und obwohl es einen Regenmantel trug und den Kragen hochgeschlagen hatte, konnte er gut erkennen, daß es sich um ein außergewöhnlich hübsches Mädchen handelte, schlank, ziemlich groß und mit kastanienfarbenem Haar, das auf freche Art frisiert war. An jedem anderen Morgen hätte Lynne der Anblick dieses hübschen Geschöpfes erfreut. Aber heute war ihm nicht danach, mit irgend jemand Bekanntschaft zu schließen, auch nicht mit einem hübschen Mädchen.

»Was wünschen Sie?« fragte er deshalb ungehalten, bereit, die Tür im nächsten Moment zuzuschlagen.

»Sie müssen der berühmte Mr. Lynne sein«, sagte das Mädchen so fröhlich, als schiene an diesem Morgen strahlend die Sonne. »Ich habe ein Bild von Ihnen. Hier. Aus dem *Megaphon*. Ich habe es mir vor einigen Monaten aus der Zeitung geschnitten, weil ich schon damals nur den einen Wunsch hatte, Sie kennenzulernen.«

Homer Lynne war kein Mensch, der sich leicht aus dem Konzept bringen ließ, aber an diesem Morgen fehlte ihm alles, was es dazu gebraucht hätte, dieses unbekümmerte Mädchen zu bremsen. Sie hielt ihm den Fetzen einer Zeitung unter die Nase und lachte herzlich, als er beim Anblick seiner selbst niesen mußte.

»So schlimm ist das Bild doch nun auch wieder nicht«, scherzte sie, und bevor er es verhindern konnte, hakte sie sich bei ihm ein. »Sie wissen ja gar nicht, wie glücklich ich darüber bin, daß ich endlich den Mut gefunden habe, bei Ihnen vorzusprechen. Ich hoffe, ich störe nicht.«

»Oh, keineswegs«, sagte Lynne, obwohl er eigentlich etwas ganz anderes hatte sagen wollen. »Sie wollen mich bestimmt wegen eines Engagements sprechen. Sie sind eine junge Künstlerin, nicht wahr?«

»Schauspielerin«, sagte das Mädchen. »Ehrlich gestanden, habe ich noch nie eine Rolle gespielt. Aber ich bin ein Naturtalent. Das sagen sie alle. Geh zum Theater, sagen sie. Da kannst du Karriere machen und reich und berühmt werden. Darum bin ich hier bei Ihnen. Sie sind ein Agent, nicht wahr? Es ist Ihr Beruf, jungen Schauspielerinnen zu helfen.«

»Das ist richtig«, sagte Lynne und wehrte sich nicht, als das Mädchen eintrat und ihn dabei herumdrehte. »Sie sind schon richtig, Miß . . .«

»Bird. Isabella Bird.«

»Oh, ein klangvoller Name. Ist er Ihr richtiger?«

»Natürlich nicht. Ich heiße ganz anders. Aber Isabella Bird klingt besser für die Karriere. Und Sie dürfen mich Isabella nennen, Mr. Homer.«

»Danke«, hörte sich Lynne verdutzt sagen. »Ich kann Ihnen natürlich nicht versprechen, daß . . .«

»Ich erwarte nicht, daß ich gleich eine ganz große Rolle kriege, Mr. Lynne«, lachte Isabella. »Aber vielleicht ist im Film mit Margaretta Estcourt noch ein Part für mich frei. Wäre das nicht absolut phänomenal?«

»Absolut, meine Liebe«, sagte Lynne etwas gepreßt. Und während Isabella in ihrer jugendlichen Unbekümmertheit weiterschwatzte, führte er sie in jenen Raum, in dem er die jeweiligen Bewerberinnen einem leichten Verhör unterzog, das im Fachjargon »Interview« genannt wurde. Normalerweise legte Lynne viel Wert auf den ersten Eindruck, den ein junges Mädchen beim Interview hinterließ. Diesmal aber war er gar nicht bei der Sache. Er stellte Isabella ein paar Standardfragen, wobei sich herausstellte, daß sie keinerlei Bühnenerfahrung hatte, sich aber offenbar Großes zutraute.

Als sie ihm alles über ihren Traum, eine berühmte Schauspielerin zu werden, erzählt hatte, kam Lynne wie immer zur entscheidenden Frage.

»Was sagen denn Ihr Vater und Ihre Mutter dazu, daß Sie so weit in die Welt hinaus gehen wollen?« Er schaute sie an und zwang sich, wohlwollend zu lächeln.

»Ich habe keine Eltern mehr.«

Lynne bemerkte, wie sich das Mädchen auf einen Schlag änderte. Das hübsche Gesicht wurde ernst. Isabella blickte zu Boden, und ihre Lippen zitterten. Als sie den Kopf wieder hob, versuchte sie zu lächeln, aber ihre Augen hatten sich mit Tränen gefüllt.

»Sind Ihre Eltern verunglückt?« fragte er sanft.

»Nein. Nicht verunglückt. Mein Vater war lange krank. Er starb vor vier Jahren.«

»Oh, das tut mir schrecklich leid. Und Ihre Mutter?«

»Ich hatte nie eine Mutter.«

Jetzt mußte er lachen. »Mein Kind, jeder Mensch hat eine Mutter.«

Sie nickte. »Nur ich nicht«, sagte sie. »Mein Vater sagte mir einmal, daß die Frau, die mich zur Welt brachte, irgendwo in Südafrika lebt. Wir haben nie etwas von ihr erfahren. Ich weiß nicht einmal, ob sie noch lebt.«

»Aber Sie haben sicher noch Geschwister oder nahe Verwandte?«

»Nein, auch nicht. Ich stehe ganz allein in der Welt, Mr. Lynne. Sie werden mich doch hoffentlich engagieren.« Sie blickte ihn hoffnungsvoll an.

»Das kann ich im Moment nicht entscheiden, Isabella«, sagte er. »Zur Zeit ist es nicht einfach, jungen, unerfahrenen Künstlern zu einem Anfang zu verhelfen. Die Zeiten sind nicht die besten. Aber ich werde mich bemühen, das verspreche ich Ihnen. Sobald ich mehr erfahre, lasse ich es Sie natürlich umgehend wissen. Wo sind Sie denn zu erreichen?«

»Ich kann Ihnen eine Telefonnummer geben, die Sie anrufen können.«

»Und eine Adresse?«

»Ich habe keine feste Adresse. Manchmal wohne ich hier, manchmal dort. Meistens bei Freunden. Dic Nummer ist von einem Freund.«

»Dann sag mir die Nummer.« Lynne nahm einen Bleistift vom Schreibtisch und schrieb die Nummer auf, die ihm Isabella gab. Die Kleine war offensichtlich glücklich, als er sie hinuntergeleitete und ihr von einer offenen Stelle in Marseille erzählte. »Es ist nichts Besonderes, mein Kind, aber immerhin ein guter Anfang. Ich werde noch heute mit Marseille telefonieren.«

»Oh, ich weiß gar nicht, wie ich Ihnen das jemals danken könnte, Mr. Lynne«, sagte Isabella bei der Tür, und ehe sich Lynne versah, hatte sie sich auf die Zehenspitzen gestellt und ihn auf die Wange geküßt. Dann war sie auch schon draußen, und Lynne blickte ihr nach, wie sie die Straße hinunterhüpfte und dabei ihre Arme schlenkerte. Es sah beinahe aus, als ginge Isabella auf Wolken.

»Wir haben ihn«, sagte Randy Rowley leise zu Inspektor Dearborn, der neben ihm hinter einem Busch auf dem Bauch lag. »Ich bin sicher, daß er auf Liza angebissen hat. Sie kann das. Sie ist gut, Snake-Eye. Sie könnte eine große Zukunft als Filmstar haben.«

»Junge, ich wäre dir äußerst verbunden, wenn du mich nicht als Snake-Eye titulieren würdest, sondern als Inspektor Dearborn, so wie sich das gehört.«

»'tschuldigen Sie, Inspektor. Ich vergesse das immer wieder, daß wir ja eigentlich nicht auf freundschaftlicher Basis zusammenarbeiten.«

»Bei Gelegenheit werde ich dich schon gebührend daran erinnern.« Dearborn drückte sich einen kleinen Eisbeutel gegen die Nase, während er gebannt zum Portal des Herrenhauses hinüberblickte, in dem noch immer die Gestalt von Mr. Homer Lynne zu erkennen war, obwohl Liza inzwischen nicht mehr zu sehen war.

»Wetten wir, daß er Liza ins Ausland verschachern will. Südamerika, vielleicht. Oder nach Marokko oder Tunesien. Dort sollen Mädchen wie Liza heiße Ware sein.«

»Noch bin ich keineswegs davon überzeugt, daß Mr. Lynne überhaupt etwas auf dem Kerbholz hat, geschweige denn, sich am internationalen Mädchenhandel beteiligt. Noch ist er ein unbescholtener Mann, und ich muß gestehen, daß es mir äußerst peinlich ist, hier wie ein Heckenschütze auf der Lauer zu liegen.«

»Sie machen sich gut im Gebüsch, Inspektor. In Miniatur hergestellt, könnte man Sie vielleicht als Gartenzierde verkaufen, allerdings nicht mit geschwollener Nase.«

»Mach dich nicht über mich lustig, mein Junge«, näselte Dearborn. »Noch ist nicht aller Tage Abend. Und eines sollst du besser wissen: Noch nie ist ein Schlitzohr wie du den Mühlen des Gesetzes entkommen. Manchmal dauert es nur etwas länger.«

»Ich habe mir fest vorgenommen, ein ehrlicher Mensch zu werden. Ich habe Poiccart sogar mein Ehrenwort gegeben, daß ich mich nicht mehr mit Ihnen anlege. Poiccart meint nämlich, Sie seien unter Ihrer rauhen Schale ein herzensguter Kerl, der jedem eine sechste Chance gibt, wenn die fünf vorigen nicht hingehauen haben.«

»Da irrt sich aber der gute Poiccart gewaltig.«

»Sehen Sie, das habe ich ihm auch gesagt. Ich halte Sie nämlich für einen absolut verknöcherten Beamten, der ab und zu vielleicht über eine rührselige Geschichte Tränen vergießt, sonst aber so hoch auf seinen Prinzipien reitet wie ein General auf seinem Schlachtroß. Übrigens ist das auch die Meinung von Elias, dem Weisen, und der kennt Sie ja besser als . . .«

Randy Rowleys Worte gingen im Schlachtenlärm unter, der plötzlich losbrach. Für einen Moment schien es, als verwandelte sich die Pennerthon Road in eine gigantische Theaterszene, in der nur die Schauspieler fehlten. Es dauerte allerdings nicht lange, bis die ersten Leute schimpfend auf die Straße kamen. Einige schüttelten sogar ihre Fäuste, aber das nützte nichts. Der sonst so friedliche Morgen war für die Nachbarn von Mr. Homer Lynne sozusagen im Eimer.

»Bleiben Sie hier und lassen Sie das Haus nicht aus den Augen«, brüllte Randy Rowley in das Ohr von Dearborn.

»Ich werde unterdessen Liza abfangen und Manfred Bescheid geben. Bis zum Mittag bin ich bestimmt zurück.«

»Bis zum Mittag sind es fünf Stunden«, schrie Dearborn, um die Musik zu übertönen.

»Geduld, Inspektor! Ich bringe Ihnen Erdnüßchen mit.« Randy grinste und kroch durch die Zierbüsche davon. Er traf sich mit Liza am Ende der Pennerthon Road.

Liza war ganz aufgeregt. »Ich glaube, er wird mir ein Engagement geben«, sagte sie sofort. »In Marseille. Morgen will er mich anrufen.«

»Gut. Komm, wir fahren in die Curzon Street. Man muß Manfred Bescheid geben, damit er weiß, woran er ist.«

Sie fuhren mit Randys BSA zu dem kleinen Haus in der Curzon Street. Poiccart war beim Einkaufen. Leon öffnete ihnen. Als ihm Randy sagte, daß Lynne Liza einen Job versprochen hatte, nickte dieser, als hätte er nichts anderes erwartet. »Und was sagt Dearborn dazu?«

»Nicht viel. Er hat sich an einer Rosenhecke den Bauch aufgekratzt, und bis zum Mittag wird sein Eisbeutel geschmolzen sein, aber ich glaube nicht, daß er seinen Beobachtungsposten in der Pennerthon Road verläßt, bevor ich zurück bin.«

»Lynne ist allein zu Hause«, sagte Liza.

»Du hast also diesen Señor Mandez nicht gesehen?«

»Nein, Lynne hat selbst aufgemacht.« Liza ließ sich aus dem Mantel helfen. Sie war ein schlankes, großes Mädchen, größer als Randy und älter. Nicht *viel* älter. Seit Randy mit Liza befreundet war, versuchte er, sich einen Schnurrbart stehen zu lassen. Viel wurde nicht daraus, obwohl er den Flaum über der Oberlippe heimlich sogar mit einem Augenbrauenstift geschwärzt hatte, was natürlich sofort auffiel.

Leon rief das Halford Inn an und kriegte einen gähnenden Mann an den Apparat.

»Wen wollen Sie sprechen?« fragte der Mann. »Dryden?

Mr. Dryden? Der soll bei uns wohnen? Hm, davon weiß ich nichts. Moment mal, ich guck mal im Gästebuch ... äh ...« Er gähnte erneut, und es dauerte eine Weile, bis er sich wieder meldete. »Ein Dryden hat sich bei uns nicht eingeschrieben. Tut mir leid.«

»Sind Sie sicher?«

»Was soll die dämliche Frage? Natürlich bin ich sicher. Da steht ja alles schwarz auf weiß, und ich kann lesen, verflucht noch mal. Wir haben keinen Dryden hier, klar!« Er legte auf. Leon wandte sich Randy zu, der hingebungsvoll mit Lizas Fingern herumspielte.

»Du hast doch gestern abend unseren Freund Manfred ein Stück weit begleitet, nicht wahr?«

»Nicht bis zum Hotel. Das wollte er nicht.«

»Aber du erinnerst dich doch, daß er uns gesagt hat, er hätte sein Zimmer im Halford Inn schon im Laufe des Tages bezogen? Zur Tarnung, sozusagen.«

Randy ließ Lizas Hand los. »Stimmt was nicht?« fragte er.

»Im Halford Inn gibt es keinen Gast, der Dryden heißt.«

»Das ist doch nicht möglich.«

Leon Gonsalez hob die Brauen. »Natürlich ist das nicht möglich«, sagte er und war schon auf dem Weg zur Tür. Im Vorbeigehen bemerkte er, daß die Blumen in der chinesischen Vase die Köpfe hängen ließen. Er bat Liza, ihnen frisches Wasser zu geben.

»Wo gehen Sie hin?« rief Randy ihm nach. »Ich komme mit, Gonsalez. Die Sache geht mich auch was an. Immerhin stecke ich mittendrin.«

»Dann beeil dich, Junge!« Leon war schon unten und schlüpfte in seinen Trenchcoat, als Randy die Treppe herunterstürzte.

Gegen Mittag fing es an zu regnen. Kein starker Regen, aber allmählich wurde alles naß; das kurzgeschnittene Gras des Rasens, die vereinzelten bunten Blätter an den Büschen, der Kies auf dem Weg, der zum Portal führte, und die Mauer hinter Inspektor Dearborn. Es war ein grauer und kalter Nieselregen. Der Inspektor spürte, wie die Nässe durch seine Kleider drang. Er fror, und merkwürdigerweise konnte er jetzt so frei atmen, daß er den Eisbeutel nicht mehr benutzen mußte.

Irgendwie hatte der Arzt mit seiner Kältetherapie also doch recht. Und das war immerhin ein Trost, der dem Inspektor das Warten im Nieselregen etwas erleichterte.

Er wußte nicht einmal, worauf er eigentlich wartete. Irgend etwas würde geschehen. Aber was? Tschaikowskys Ouvertüre war längst verstummt. Im Haus tat sich offenbar nichts. Lynne kam nicht mehr heraus. Nicht einmal, als der Postbote ein paar Briefe in den Kasten warf.

Gegen Mittag wurde der Inspektor hungrig. Seltsam, dachte er, wie sich der Mensch daran gewöhnt, daß am Mittag die Zeit zum Essen ist. Genau wie man gegen vier Uhr am Nachmittag das Verlangen verspürt, den Tee zu genießen. Hoffentlich war Randy Rowley bis dahin zurück. Auf das Mittagessen konnte Dearborn gerade noch verzichten, aber mit dem Tee war das eine andere Sache. Das konnten natürlich Leute vom Schlage eines Randy Rowley nicht begreifen. Die lebten ja wie Tiere ohne Regeln, einfach dahintreibend, wie ein Stück Holz im Wasser. Davon waren die drei Herren des Silbernen Dreiecks nicht ausgeschlossen. Bei allem Wohlwollen, das er ihrer unenglischen Lebensweise entgegenbrachte, verstehen konnte er es nicht, daß Poiccart noch immer größten Wert darauf legte, zum Frühstück frische Brötchen zu essen anstatt Hirn und Ei, vielleicht mit Bohnen und Speck. Elsässer Schneckensuppe! Dearborn rülpste, und ein fader Geschmack kam ihm hoch. Es fiel ihm ein, daß er seit dem

Abendessen in der Curzon Street nichts mehr zu sich genommen hatte.

Randy wollte ihm eine Tüte Erdnüßchen bringen. Ausgerechnet Erdnüßchen! Womöglich geröstet!

Dearborn seufzte. Es war ihm fast eine Qual, hier zu sein und mit Randy Rowley zusammenzuarbeiten. Er wußte nicht genau, wem er diese Unverschämtheit eigentlich zu verdanken hatte, Leon Gonsalez, Poiccart oder Manfred. Vielleicht allen dreien, denn sie steckten meistens unter ein und derselben Decke. Einmal, so dachte Dearborn, würde er sich dafür revanchieren. Einmal würde er diesen drei schlitzohrigen Detektiven alles heimzahlen.

Dearborn war so sehr mit diesen Gedanken beschäftigt, daß er beinahe nicht bemerkte, daß Homer Lynne aus dem Haus kam und zur Garage ging, in der ein schöner, dunkelblauer Bentley untergebracht war. Lynne trug Regenmantel und Hut, außerdem einen kleinen Reisekoffer, der ziemlich schwer zu sein schien.

Für einen Moment wußte Dearborn nicht, was er jetzt tun sollte. Sein eigener Wagen stand in einer Seitenstraße der Pennerthon Road, zu weit entfernt, um damit Lynnes Wagen zu folgen. Weiterhin das Haus zu beobachten, in dem sich niemand aufhielt, hielt er für sinnlos. So machte er sich klein hinter dem Gestrüpp und beobachtete durch das Geäst, wie die Limousine langsam den Kiesweg zum Tor fuhr. Dort stieg Lynne noch einmal aus, um das schmiedeeiserne Tor zu öffnen. Aus der Nähe konnte Dearborn jetzt erkennen, daß Lynne ziemlich krank aussah. So, als hätte er sich ein paar Nächte um die Ohren geschlagen. So, als hätte er Ärger.

Am liebsten hätte ihn Dearborn jetzt überrascht. Vielleicht wäre mehr dabei herausgekommen als durch den Plan, den Manfred ausgeheckt hatte. Wenn Lynne tatsächlich ein Verbrecher war, dann hätte er sich in diesem Moment nicht verstellen können.

Der Gedanke war gut. Dearborn wollte schon aufstehen und sich dem Bentley einfach in den Weg stellen, als er den Jungen sah, der auf seiner BSA langsam die Pennerthon Road entlangfuhr. Einhändig, denn in der linken Hand hielt er eine Tüte, die zweifellos die Erdnüsse enthielt.

Randy bemerkte natürlich den Bentley sofort, der aus der Toreinfahrt in die Straße einbog. Lynne stieg noch einmal aus und machte das Tor zu. Der Junge fuhr an ihm vorbei, ohne daß Lynne auf ihn aufmerksam wurde. Er beachtete ihn auch nicht, als er wieder im Bentley saß und die Pennerthon Road hinunterfuhr. Der Junge wendete, fuhr zurück, an der Mauer entlang, hinter der sich Dearborn befand, und warf die Tüte mit den Erdnüßchen in hohem Bogen darüber. Sie fiel Dearborn auf den Hut, platzte auf, und es gelang dem Inspektor nur, einige wenige Erdnüßchen aufzufangen, bevor sie zu Boden fallen konnten.

»Guten Appetit«, hörte er den Jungen rufen. Dann dröhnte das Motorrad auf. Randy Rowley brauste auf seiner BSA die Straße hinunter, hinter dem Bentley her.

Lustlos zerkaute Inspektor Philander Dearborn die Erdnüßchen, bevor er sich zur Hintertür begab und sich anschickte, in das Haus einzubrechen. Das Schloß gab ihm keine Probleme auf, und Dearborn benutzte das Telefon in der Halle, um beim Silbernen Dreieck anzurufen. Er ließ lange läuten, aber es meldete sich niemand. Schließlich ließ er eine Verbindung mit seinem Office herstellen. Peter Roos sagte ihm, daß anscheinend etwas Unvorhergesehenes eingetreten sei.

»Es handelt sich um George Manfred, der sich unter falschem Namen in einem Hotel einquartiert hatte. Gonsalez hat vor wenigen Minuten hier angerufen und die Nachricht hinterlassen, daß Manfred spurlos verschwunden ist.«

»Spurlos verschwunden? Wie ist denn so was möglich?«

»Gonsalez sagte, daß es den Anschein hat, als hätte es Manfred überhaupt nie gegeben.«

»Was natürlich völlig verrückt ist, nicht wahr. Natürlich hat es Manfred gegeben, manchmal zu meinem ganz persönlichen Ärger. Wo befindet sich denn Leon Gonsalez jetzt?«

»Im Halford Inn, wo man Manfred nie gesehen haben will. Er hat um ein paar Fachleute von der Spurensicherung gebeten und sagte mir, daß Sie sofort anrufen sollen, sobald dies möglich wäre. Randy Rowley ist unterwegs zu Ihnen.«

»Der war hier«, schnappte Dearborn. »Hören Sie zu, Peter. Lassen Sie bitte eine Fahndung auf eine BSA anlaufen. Der Junge verfolgt Mr. Lynne, der sein Haus vor einigen Minuten verlassen hat. Randy fährt eine BSA, und bei diesem Sauwetter ist er wahrscheinlich einer der wenigen, die mit dem Motorrad durch die Gegend brausen. Also ist es leichter, Randy Rowley zu entdecken als den dunkelblauen Bentley von Mr. Lynne.«

»Verstehe. Und was soll geschehen, wenn man den Bentley und die BSA entdeckt?«

»Ich fürchte, daß wir Mr. Homer Lynne auf der Stelle festnehmen müssen. Zwar habe ich nicht *einen* Beweis, ja, nicht einmal ein Anzeichen dafür, daß er sich eines Verbrechens schuldig gemacht hat, aber ich habe Angst um den Jungen, Peter.«

»Angst um Randy Rowley?« fragte Peter Roos verständnislos.

»Ja. Er ist in Gefahr. Ich weiß nicht, wohin Lynne fährt, aber er hat einen Koffer bei sich, und es könnte sein, daß er sich mit seinem Diener Mandez trifft. Nachdem Manfred schon verschwunden ist und es von dem Mädchen noch immer keine Spur gibt, können wir nichts mehr riskieren. Klar?«

»Klar!«

»Also, ich sehe mich hier in Lynnes Haus mal um. Wenn was ist, rufe ich Sie wieder an.«

Dearborn legte auf und erwischte Leon Gonsalez im Halford Inn.

»Ist der Junge schon bei Ihnen eingetroffen?«

»Der hat mir eine Tüte Erdnüßchen an den Kopf geschmissen und ist dann hinter der Limousine von Mr. Lynne hergebraust.«

»Wohin?«

»Wenn ich das wüßte.«

»Phil, die Sache stinkt.« Es war selten, daß Leon Gonsalez den Inspektor Phil nannte. »Irgend etwas ist mit Manfred passiert. Wahrscheinlich haben sie ihn in ihrer Gewalt.«

»Was sagt der Besitzer des Hotels?« erkundigte sich Dearborn.

»Jemand hat ihn mit hundert Pfund bestochen, nichts zu sagen.«

»Und? Sagt er nichts?«

»Inzwischen habe ich ihn auf freundschaftliche Art dazu gebracht, uns zu verraten, daß drei Männer auf Manfred gewartet haben, zwei im Zimmer und einer im Nebenzimmer. Der eine nannte sich Pelham. Man hat dem Besitzer des Hotels gedroht, ihn umzubringen, wenn er ein Wort verlauten ließe und nicht die Seite aus dem Gästebuch risse, auf der sich Manfred eingetragen hat.«

»Wer waren die Männer?«

»Das weiß niemand. Ich vermute, daß dieser Mandez seine Finger im Spiel hat. Und das kann gefährlich werden.«

»Deswegen läuft seit wenigen Minuten eine Fahndung nach einem dunkelblauen Bentley und einer BSA, auf der Randy Rowley sitzt. Und kommen Sie mir nur nicht damit, daß ich ein Versprechen abgegeben habe, Gonsalez. Wenn man den Jungen erwischt, wird man ihn festnehmen. Homer Lynne übrigens auch. Und es wäre besser für uns alle, wenn sich Ihre Vermutungen bestätigen und Homer Lynne tatsächlich unter seinem Anzug eine schmutzige Weste hat.«

»Dearborn, Sie sind ein Teufelskerl«, kam es begeistert durch die Leitung. »Ich fahre jetzt zum Yard und warte dort auf Ihr Eintreffen. Ich hoffe nur, daß Ihre Beamten Lynne erwischen, bevor er dort ankommt, wohin er unterwegs ist.«

»Das hoffe ich auch«, knurrte Dearborn, der Leon Gonsalez' Begeisterung nicht teilen konnte. Er legte auf und machte sich daran, das Haus zu durchsuchen. Im oberen Stockwerk, wo sich der Plattenspieler mit den riesigen Lautsprechern befand, waren die Vorhänge zugezogen. Dearborn machte Licht. Der Plattenteller drehte sich lautlos. Offenbar hatte Lynne vergessen, den Apparat abzuschalten.

Dearborn schaute sich kurz in dem Raum um, der offenbar das Arbeitszimmer von Lynne war. Eine Verbindungstür führte ins Schlafzimmer. Das Bett war unberührt. Auf einem Stuhl lagen ein paar Kleidungsstücke, die jemand achtlos hingeworfen hatte. Dearborn hielt sich nicht lange im Schlafzimmer auf. Er öffnete mit einem Dietrich die Rolladen des großen Schreibtisches. Er durchsuchte die Fächer und Schubladen sorgfältig, aber er fand nicht, wonach er suchte. Es schien, als hätte Homer Lynne alle Geschäftspapiere seiner Agentur mitgenommen.

Schließlich widmete sich Dearborn dem Papierkorb. Er leerte ihn auf dem Schreibtisch aus und glättete die zerknüllten Papiere, eines nach dem anderen. Die meisten Papiere waren angefangene Briefe, wahrscheinlich von Homer Lynne geschrieben. Dann fand Dearborn eine Kurznotiz. Zuoberst auf dem Zettel stand der Name Isabella Bird. Darunter, offenbar in aller Eile hingekritzelt, der Satz: »Wenn keine Verwandtschaft, anstelle von Careen Faver nach Marseille schicken! Überprüfung eingeleitet. Ergebnis negativ.«

Dearborn steckte den Zettel ein. Wer Isabella Bird war, wußte er. Aber der Name Careen Faver interessierte ihn. War vielleicht das verschwundene Mädchen vom Nachtexpreß aus Marseille gemeint? Hieß dieses Mädchen vielleicht Careen Faver und gar nicht Diana?

Dearborn hielt es nicht mehr länger im Haus von Homer Lynne aus. Er fuhr zum Yard zurück, wo ihn Peter Roos mit einer Überraschung empfing. Ein Streifenwagen der Polizei hatte vor wenigen Minuten nach kurzer Jagd das Motorrad gestellt, nach dem die Fahndung lief. »Es ist gelungen, den Jungen zu überwältigen. Soviel ich weiß, hat er erst nach heftiger Gegenwehr aufgegeben, und einem der Beamten soll er das halbe Ohr abgebissen haben.«

»Und Homer Lynne?«

»Tut mir leid, Sir, aber die Beamten dachten, daß nur der Junge verhaftet werden soll. Sie ließen Homer Lynne davonfahren, und bis jetzt ist der blaue Bentley nicht wieder gesichtet worden.«

Inspektor Dearborn starrte seinen Untergebenen für einen Moment ungläubig an, dann drehte er sich auf dem Absatz um und stürmte die Treppe hoch in sein Büro. Leon Gonsalez saß am Schreibtisch. Poiccart stand beim Fenster.

»Und wieder einmal hat Scotland Yard ganze Arbeit geleistet«, sagte Poiccart sarkastisch.

»Immerhin haben wir das da«, erwiderte Dearborn grimmig und zog den Zettel aus der Tasche, den er in Lynnes Papierkorb gefunden hatte. »Hier, Gonsalez, machen Sie sich einen Reim daraus.«

Leon überflog die Zeilen und fragte Poiccart dann, ob er die Nummer auswendig wüßte, die Liza Homer Lynne angegeben hatte.

Anstatt seinem Freund und Partner eine Antwort zu geben, griff Poiccart nach dem Telefon. Dearborn schaute ihm verständnislos zu.

Es dauerte eine Weile, bis Poiccart jemand an der Leitung hatte. »Ich soll hier Liza erreichen können«, sagte er.

»Liza? Hm, die ist weg.«

»Weg? Wohin?«

»Mann, das weiß ich nicht. Ich bin eben erst aufgewacht und . . . He, warten Sie mal, da liegt ein Zettel.«

»Von Liza?«

»Von wem denn sonst. Da steht drauf, daß sie sich mit einem gewissen Lynne trifft. Und zwar am Trafalgar Square, beim Denkmal. Da steht auch noch, daß Lynne ein Engagement für sie habe, in Frankreich. Marseille.«

»Sonst noch was?«

»Nein. Was soll der Quatsch? Hören Sie, Liza ist meine Schwester, und ich will nicht, daß sie in irgendeine Sache hineinschlittert, die nicht sauber ist.«

»Machen Sie sich keine Sorgen. Es kommt schon alles in Ordnung.«

»Wer sind Sie überhaupt?«

»Poiccart.«

»Poiccart? Hm, das klingt ausländisch. Sagen Sie mal, was ist los mit Liza?«

»Nichts.« Poiccart legte auf.

»Lynne trifft sich mit Liza am Trafalgar Square. Wenn wir Glück haben, kriegen wir ihn dort. Der Teufel weiß, was der Schuft vor hat.« Poiccart war schon auf dem Weg zur Tür.

Auf der Treppe begegnete er einem Haufen Beamter, die alle Mühe hatten, Randy Rowley zu besänftigen. Der Junge brüllte und wehrte sich, obwohl man ihm Handschellen angelegt hatte. Als er Poiccart sah, wurde er etwas ruhiger. »Sagen Sie diesen Narren, daß sie mich loslassen sollen!« stieß er keuchend hervor. »Sagen Sie ihnen, daß Snake-Eye mir das Versprechen gegeben hat . . .«

»Liza ist weg«, unterbrach ihn Poiccart. »Sie trifft sich mit Lynne am Trafalgar Square.«

Randy Rowleys Gesicht wurde mit einem Schlag leichenblaß. »Warum? Hat sie denn nicht bei euch angerufen?«

»Wahrscheinlich zu einer Zeit, als niemand dort war.«

Randys Augen weiteten sich. Wild starrte er Poiccart an. »Das . . . das darf nicht wahr sein!« stieß er fast tonlos hervor. »Wissen Sie, was das bedeutet, Poiccart? Das bedeutet, daß sie in die Klauen dieses Verbrechers geraten ist und daß niemand sie schützen kann!« Randys Stimme wurde laut. »Es war alles geplant, nicht wahr? Liza hat sich auf uns verlassen. Sie dachte, daß wir sie im Auge behalten, aber im entscheidenden Moment war sie allein! Und dafür hat man mich verhaftet, Poiccart! Herrgott, wenn Liza was passiert, dreh ich durch! Wenn Liza etwas passiert, dann kann Scotland Yard was erleben, und kein Mensch wird mir noch einmal weismachen können, daß ich dem Gesetz vertrauen soll.«

Oben auf dem Treppenabsatz tauchten Dearborn und Gonsalez auf.

»Laßt ihn los!« befahl Dearborn.

Randy schüttelte die Hände der Beamten von sich. Er war leichenblaß, als er die Treppe hochging. »Sie haben Ihr Wort nicht gehalten, Inspektor«, sagte er leise. Er blieb vor Dearborn stehen und hob ihm die Hände entgegen. »Machen Sie auf.«

»Das ist nicht meine Schuld, Junge«, sagte Dearborn zerknirscht. »Ich gab den Befehl, Lynne zu verhaften, da George Manfred verschwunden ist und wir ihm beim nächsten Schritt zuvorkommen wollten.«

»Machen Sie auf!« wiederholte Randy gepreßt, und Dearborn gab einem der Beamten einen Wink. Man nahm Randy die Handschellen ab. Sobald Randy frei war, wollte er Poiccart hinterherlaufen, aber dieser hatte das Gebäude schon verlassen.

»Am besten wartest du hier auf ihn, Randy«, sagte Leon Gonsalez. »Wenn wir Glück haben, bringt er Liza mit.«

»Dann beten Sie besser, Inspektor«, knurrte Randy, während er Dearborn und Leon Gonsalez ins Office folgte.

7. Kapitel
Es wird reiner Tisch gemacht

»Bitte steigen Sie ein«, sagte Lynne und hielt Liza die Tür seines Bentley auf.

Liza zögerte. Da lachte Lynne auf. »Bestimmt wundern Sie sich über dieses geheimnisvolle Stelldichein, zu dem ich Sie überredet habe. Nun, es gibt dafür eine einfache Erklärung, mein Kind. Wie ich schon am Telefon gesagt habe, muß alles schnell gehen. Man hat mir aus Marseille telefoniert, daß dort in einem Theaterstück eine Rolle freigeworden ist. Eine der Schauspielerinnen ist plötzlich krank geworden.«

»Was hat das damit zu tun, daß wir uns hier am Trafalgar Square treffen?« fragte Liza.

»Oh, das klingt fast, als fürchteten Sie sich vor mir«, lächelte Lynne. »Das brauchen Sie aber nicht. Glauben Sie mir, ich bin nur um Ihr Wohl besorgt. Dies ist eine einmalige Chance für Sie, und da ich geschäftlich in Paris zu tun habe, dachte ich, daß ich für Sie im gleichen Flugzeug einen Platz buche. Sie fliegen doch zum erstenmal, nicht wahr?«

»Ja. Aber . . .«

»Haben Sie denn Ihre Habseligkeiten mitgebracht?«

»Ja. Es ist alles in diesem Koffer hier. Ich besitze nicht viel. Ein paar Kleider. Sonst nichts. Ich habe nicht einmal einen Paß, und wenn . . .«

»Machen Sie sich darüber keine Sorgen. Die Agentur ist für solche Fälle eingerichtet. Das heißt, wir haben Beziehungen, verstehen Sie.« Lynne griff in die Innentasche seines Mantels und brachte einen britischen Paß zum Vorschein. »Hier, das ist Ihr neuer Paß, mein Kind.« Er überreichte ihr den Ausweis.

Liza öffnete ihn und blickte überrascht auf das Foto, das ein anderes Mädchengesicht zeigte.

»Careen Faver«, sagte sie leise, den Namen lesend, auf den der Paß ausgestellt war. »Wer ist das?«

»Ab heute sind Sie das, liebes Kind. Das ist Ihr Künstlername. Unter diesem Namen werden Sie mit meiner Hilfe berühmt werden wie Margaretta Estcourt. Ich werde Sie zum Star machen, glauben Sie mir.«

Lizas Augen leuchteten. Sie blickte das kleine Paßbild an und schüttelte den Kopf. »Das Mädchen sieht ganz anders aus«, sagte sie. »Es ist wunderschön.«

»So sind Sie, mein Kind. Wunderschön. Die britische Kontrolle ist kein Problem, und der französische Zollbeamte wird blind sein; in Paris werden wir Ihnen von der britischen Botschaft einen ganz neuen Paß ausstellen lassen, in dem natürlich Ihr Bild sein wird.« Lynne schob Liza sanft auf den Bentley zu, und Liza wußte, daß sie jetzt entweder davonlaufen mußte oder in Gefahr geriet, von Lynne verschleppt zu werden. Hatte er herausgefunden, daß sie vom Silbernen Dreieck als Lockvogel eingesetzt war? Liza sah sich verstohlen um. Es herrschte kaum Verkehr, und es regnete immer noch leicht. Niemand schien sich um den Bentley zu kümmern, der am Trafalgar Square im Parkverbot stand.

»Das Flugzeug fliegt in knapp einer Stunde«, sagte Lynne. »Wir müssen uns beeilen.«

Liza stieg ein.

»Sie werden es nicht bereuen, daß Sie sich so schnell entschieden haben, mein Kind«, sagte er, bevor er die Tür zuschlug. Er ging hastig um den Bentley herum. Als er auf der Fahrerseite einsteigen wollte, hielt neben ihm ein Auto an. Die angelaufene Seitenscheibe wurde halb heruntergedreht, und das Gesicht eines Mannes wurde sichtbar. Der Mann lächelte leicht und ließ Homer Lynne in die Mündung einer Pistole blicken, die ungefähr auf seinen Adamsapfel gerichtet war.

Lynne schluckte. Der Adamsapfel hob und senkte sich, aber die Mündung der Pistole senkte sich nicht.

»Das Spiel ist aus, Lynne«, sagte der Mann. »Inspektor Philander Dearborn erwartet Sie in seinem Office. Bitte seien Sie vernünftig.«

»Wer ... wer sind Sie?« fragte Lynne mit angehaltenem Atem.

»Poiccart«, sagte der Mann sanft. »Raimond Poiccart.«

Und jetzt wußte Lynne, daß er wirklich vernünftig sein mußte.

George Manfred rührte sich nicht. Er stand, immer noch gefesselt, mitten in der Halle des alten Klosters. Ein Mann stand hinter ihm. Die Tür nach draußen war geöffnet. Schemenhaft waren die Umrisse abgestorbener Sumpfbäume zu erkennen, die wie graue Skelette im Nebel standen. Der Wind, der in die Halle drang, roch nach vermodertem Holz, nach feuchter Erde. Manfred dachte, daß dies vielleicht der Geruch des Todes war, der da draußen im Moor auf ihn wartete.

Mandez kam die Treppe vom Keller herauf. Er führte Careen Faver am Arm, und Manfred konnte sofort am Gesichtsausdruck des Mädchens erkennen, daß ihr der Griff von Mandez Schmerzen bereitete.

Careen sah verstört aus. Die Haare hingen ihr in Strähnen über das blasse Gesicht. Ihr Atem ging schnell. Als sie Manfred erblickte, stöhnte sie leise auf.

Mandez lachte. Er blieb stehen und zog Careen an sich heran.

»Kein Wort will sie mir verraten, mein Freund«, sagte er höhnisch. »Ich habe sie nur gefragt, wer Sie sind. Aber sie schweigt eisern.«

»Sie weiß nicht, wer ich bin«, sagte Manfred etwas heiser. »Ich habe ihr nichts gesagt.«

»Das glaube ich nicht.«

»Es ist so.«

»Nein. Ich habe Erfahrung in solchen Dingen. Vor mir kann sich keiner verstellen. Vergessen Sie nicht, daß ich selbst ein Schauspieler bin.«

»Kein besonders guter«, sagte Manfred kalt. »Sonst müßten Sie kaum für einen Verbrecher wie Lynne arbeiten.«

Die blauen Augen von Mandez leuchteten auf. »Sie irren sich.« Jetzt klang seine Stimme eiskalt. »Die Aufgaben, die mir Mr. Lynne stellt, machen mir oft viel Spaß. Ganz abgesehen davon ist es einträglicher, für Mr. Lynne zu arbeiten, als sich den Lebensunterhalt als Künstler zu verdienen. Sie wissen doch, die wenigsten Künstler werden reich.«

»Und Sie sind reich?«

»Reicher als Sie denken. Ich könnte mich längst zur Ruhe setzen. Und wahrscheinlich werde ich dies auch tun, wenn diese Sache erledigt ist. Die Flucht von Careen aus Marseille hat uns viel Ärger bereitet. Jetzt muß reiner Tisch gemacht werden. Mr. Lynne hat mir deshalb den Auftrag gegeben, Sie umzubringen, Mr. Dryden.«

»Obwohl er dann nie erfahren wird, wer ich wirklich bin?«

»Das macht keinen Unterschied mehr. Natürlich wäre es erfreulich, wenn Sie mir Ihre wahre Identität noch verraten würden, aber an der Tatsache, daß Sie spurlos im Moor versinken werden, ändert sich nichts mehr. Sie kriegen keinen Grabstein, und so kommt es wahrlich nicht darauf an, ob wir Ihren Namen wissen oder nicht.«

»Und Careen? Was geschieht mit ihr?«

»Ich werde mich um sie kümmern«, sagte Mandez spöttisch. »Sie ist ein kluges Kind. Ein bißchen verstockt, aber das wird sich schnell ändern, wenn sie erkennt, daß wir keinen Spaß verstehen. Eigentlich wollten wir sie nach Marseille zurückbringen, aber inzwischen ist ihr Platz an ein anderes Mädchen vergeben worden. Mr. Lynne befindet sich in Begleitung dieses außerordentlich hübschen jungen Mädchens bereits auf dem Weg dorthin. Über Paris, wie er mir mitteilte.«

Manfred dachte sofort an Liza. Er konnte sich allerdings nicht vorstellen, daß seine Partner eine Entführung Lizas zuließen. Und trotzdem schien sich Mandez seiner Sache absolut sicher zu sein.

»Was ist, Mr. Dryden? Die Nachricht scheint Sie nicht gerade zu erfreuen.«

»Es ist mir gleichgültig, wo Lynne sich befindet. Man wird ihm das Handwerk legen, verlassen Sie sich darauf.«

»Überzeugend klingt das nicht, Mr. Dryden«, höhnte Mandez. »Aber nun wollen wir vorwärtsmachen, nicht wahr. Bitte, lassen Sie sich hinausführen. Verlassen Sie sich ganz auf den Orientierungssinn des Mannes hinter Ihnen. Er kennt den Weg.«

Manfred schwieg und blieb stoisch stehen.

»Gehen Sie, Mr. Dryden«, sagte Mandez scharf. »Sonst wird Ihnen Willard Beine machen müssen.«

Der bucklige Mann, der bei der Tür stand und den großen schwarzen Raben auf dem Arm hatte, kicherte. Manfred setzte sich in Bewegung. Er sah, wie Careen sich loszureißen versuchte, aber Mandez legte den anderen Arm um sie und drückte ihr beinahe die Luft ab.

Langsam ging Manfred vorwärts. Draußen war es eiskalt und feucht. Es regnete nicht, aber vom kahlen Geäst der Bäume fielen Tropfen in die Pfützen. Manfred fiel eine schwarze Limousine mit Londoner Kennzeichen auf, die an der Mauer geparkt war. Das mußte das Auto sein, mit dem man ihn hierher gebracht hatte.

»Gehen Sie nur immer geradeaus, Mr. Dryden«, sagte Mandez spöttisch.

Geradeaus ging es auf das verwilderte Gestrüpp zu, durch das ein schmaler Pfad in die Sümpfe hinausführte.

Die Büsche waren kahl, der Boden aufgeweicht vom langen Regen. Bei jedem Schritt, den Manfred machte, blieb ein Abdruck zurück, der sich schnell mit Wasser füllte.

Nach etwa zwanzig Metern tat sich vor Manfred eine Lichtung auf. Hauchdünne Nebelschwaden bewegten sich über dem Ried. Irgendwo im Schilf schnatterte eine aufgescheuchte Ente. Der schmale Pfad führte an einem toten Baum vorbei zu einem Holzsteg, der aus einem Brett und einigen vermoderten Pfosten bestand. Aus dem sumpfigen Wasser ragte ein Stück von einem alten Ruderboot, das einmal grün und rot gestrichen gewesen war. Jetzt konnte man nur noch ein paar verblaßte Farbsplitter erkennen.

Manfred wollte stehenbleiben, aber der stumme Mann hinter ihm stieß ihn auf den Steg zu.

»Nur keine Angst, Mr. Dryden«, höhnte Mandez. »Die Leute, die am Moor leben, sagen, daß die Sumpfgeister in diesen Stunden tief unten in der Brühe schlummern. Sie warten nur darauf, daß jemand sich im Moor verirrt. Es wird alles sehr schnell gehen, glauben Sie mir. Ruck zuck.« Mandez lachte. »Die Sumpfgeister greifen mit den langen Krallenhänden nach Ihren Beinen und ziehen Sie in die Tiefe. Bis jetzt ist es noch nie jemandem gelungen, ihnen zu entkommen. Das sagen die Leute, und ich bin sicher, daß sie recht haben.«

»Ich glaube nicht an Sumpfgeister«, sagte George Manfred, und er merkte dabei, wie seine Stimme heiser geworden war. »Was haben Sie davon, wenn Sie mich umbringen? Es ist ein Mord, mit dem Sie nicht durchkommen werden.«

»Das ist reines Wunschdenken«, erwiderte Mandez. »Sehen Sie, es bleibt mir gar nichts anderes übrig, als Sie verschwinden zu lassen. Und zwar spurlos. Sie wissen zuviel, Mr. Dryden. Sie waren zu neugierig. Sie haben Mr. Lynne in Angst und Schrecken versetzt. Nicht einmal mehr durch seine Musik kann er sich beruhigen.«

»Scotland Yard wird ihm auf die Spur kommen!« stieß George Manfred scharf hervor. Er blieb jetzt stehen. Mit dem nächsten Schritt hätte er den Steg betreten müssen. »Unterschätzen Sie nur Inspektor Dearborn nicht.«

»Oh, Sie kennen den guten alten Snake-Eye? Könnte es vielleicht sein, daß Sie mit ihm zusammenarbeiten?«

»Das werden Sie und Mr. Lynne schon noch herausfinden«, erwiderte Manfred.

»Davon bin ich überzeugt, Mr. Dryden«, spottete Mandez. »Immerhin kümmere ich mich persönlich um diese Angelegenheit, und ich garantiere Ihnen, daß wir uns von niemandem am Zeug flicken lassen. Ich will Ihnen nur noch sagen, daß, wenn Mr. Lynne in ein paar Wochen aus Paris zurückkommt, alles in Ordnung sein wird und kein Hahn mehr nach Ihnen kräht.«

»Das ist eine Illusion, Mandez«, sagte George Manfred hart. »Ich habe Nachrichten hinterlassen. Man wird nach mir suchen.«

»Man kann nach Ihnen jahrelang suchen, Mr. Dryden. Finden wird man Sie nicht. Das Moor gibt seine Leichen nicht mehr frei. Das wissen hier alle. Das Moor ist wie ein gefräßiges Raubtier. Es verschlingt Sie mit Haut und Haaren. Gehen Sie jetzt auf den Steg, Mr. Dryden. Ihr Leben ist verwirkt.«

George Manfred machte keine Anstalten, der Aufforderung nachzukommen.

»Vielleicht lasse ich mich lieber erschießen«, sagte er heiser.

Da lachte Mandez gehässig auf. Im nächsten Moment schrie Careen. Manfred warf den Kopf herum, und er sah, wie Mandez dem Mädchen die Klinge eines Dolches an den Hals drückte.

»Careen müßte dafür büßen, Mr. Dryden«, sagte Mandez so leise, daß seine Stimme kaum noch zu hören war. »Gehen Sie auf den Steg!«

George Manfred sah ihm an, daß er keinen Spaß machte. Wenn er sich jetzt weigerte, mußte Careen Faver es büßen. Mandez kannte keine Skrupel. Er war ein kaltblütiger Mörder, dem es vielleicht sogar Spaß machte, ein wehrloses Opfer zu quälen.

Der Mann, der hinter George Manfred stand, gab einen leisen, kehligen Laut von sich und zog eine Pistole. George Manfred betrat den schmalen Steg. Das Brett bewegte sich ächzend unter seinen Füßen. Die Pfosten schienen dem plötzlichen Druck nachzugeben, und der ganze Steg geriet ins Wanken. Nur mit Mühe konnte sich George Manfred im Gleichgewicht halten. Unter dem Steg platzten Blasen in dem schwarzen Brei, auf dem vereinzelt Seerosenblätter schwammen. Ohne Blüten. Manfred merkte, wie der Mann hinter ihm zögerte, den Steg ebenfalls zu betreten. Er hielt ebenfalls inne, und in diesem Moment vernahm er ein schrilles Läuten, das aus dem alten Kloster kam. Ein Telefon! Manfred hatte nicht gewußt, daß dieses entlegene Gebäude durch den Draht mit der Außenwelt verbunden war. Er blieb endgültig stehen. Kein Zweifel, da läutete ein Telefon.

»Zum Teufel! Ausgerechnet jetzt!« fluchte Mandez. »Mach voran mit ihm!« befahl er dem Stummen. »Und du paßt mir auf die Kleine auf, Slim.«

Manfred, der den Kopf leicht drehte, sah, wie Mandez das Mädchen stehenließ und zum Kloster zurück eilte. Slim, der den Raben auf dem Arm hatte, grinste Careen mit gebleckten Stummelzähnen an. Manfred bemerkte, daß Careen nicht gefesselt war.

Manfred wartete noch so lange, bis Mandez im Innern des alten Gebäudes verschwunden war. Dann machte er den nächsten Schritt, und der Mann hinter ihm folgte sofort. Der Steg schwankte jetzt knarrend hin und her. Manfred machte noch einen Schritt. Einer der Pfosten knarrte. Morsches Holz splitterte. Das Brett unter Manfreds Füßen kippte plötzlich zur Seite. Manfred, der darauf vorbereitet war, wirbelte in diesem Moment herum, duckte sich und rammte dem Mann den Kopf in den Bauch. Der stumme Mann klappte zusammen wie ein Taschenmesser. Ein gepreßter Schrei entrang sich seiner Kehle. Die Pistole in seiner Hand ging los, als er das Gleichgewicht verlor und auf den Steg stürzte. Manfred war mit einem Sprung am Ufer, und ohne anzuhalten rannte er auf Slim zu, der vor Schreck vergaß, seinem Raben den Befehl zum Angriff zu geben.

Manfred rannte den kleinen Mann förmlich über den Haufen. Gleichzeitig rief er Careen zu, sofort davonzulaufen.

Careen gehorchte. Sie eilte auf die nächsten Büsche zu, während Manfred von Slim zu Boden gerissen wurde. Der Rabe flatterte ihm flügelschlagend ins Gesicht. Die scharfen Krallen rissen ihm die Stirn auf, und der Schnabel hackte wild auf ihn ein. Irgendwie kam Manfred auf die Füße. Da seine Hände gefesselt waren, vermochte er den Raben nicht davon abzuhalten, sich an ihm festzukrallen. Manfred lief einfach auf die Büsche zu, in denen Careen verschwunden war. Ohne nach einem Pfad zu suchen, rannte er durch das kahle Astgewirr. Weidenruten peitschten sein Gesicht. Der Rabe ließ jäh von ihm ab und flatterte hoch. Aber im Geäst war wenig Platz für seine Flügel. Er verfing sich im Gestrüpp, und es nützte nichts, daß sein Herr mit krächzender Stimme nach ihm rief. Während Manfred weiterrannte, versuchte der Rabe in panischer Angst, sich zu befreien.

Kurze Zeit später stürzte Mandez mit gezogener Pistole aus dem Tor. Er hatte den Schuß gehört. Aber unterdessen war wieder Ruhe eingekehrt. Der stumme Mann lag immer noch bewußtlos auf dem Steg. Und im Gestrüpp war Slim damit beschäftigt, seinen erschöpften Raben zu befreien. Willard sah aus, als hätte man ihn zu rupfen versucht. Auf dem Rücken und am Bauch hatte er fast keine Federn mehr, und einer seiner Flügel schien gebrochen.

»Wo sind die beiden?« fragte Mandez scharf.

»Dort langgelaufen«, sagte Slim und zeigte in die Richtung, in die Careen Faver und George Manfred entkommen waren.

»Gibt es einen Pfad dort?«

»Nein. Das ist eine Landnase, die ins Moor hinausführt. Sie können nicht entkommen.«

»Gut. Dann überlasse ich sie dir.«

»Ich muß mich um Willard kümmern«, wandte Slim düster ein. »Sehen Sie nur, wie schlimm er dran ist. Er hat sogar einen Flügel gebrochen.«

»Pech für ihn«, stieß Mandez hervor. Er ging auf Slim zu, packte den Raben mit einer Hand und entriß ihn dem kleinen buckligen Mann. Mit einer schnellen Bewegung brach er dem Vogel das Genick. »Ich bringe dir einen neuen Vogel«, sagte er kalt. »Vielleicht einen Falken. Willst du einen Falken?«

Der kleine Mann antwortete nicht, aber in seinen Augen glitzerte ein tückischer Funke.

Dann drehte sich Mandez um. Er ging zum Ufer des Sumpfes und warf den Raben weit hinaus. Er versank sofort in der schwarzen Brühe.

»Ich muß in die Stadt fahren«, sagte Mandez. »Es ist etwas Unvorhergesehenes passiert. Bis es Abend wird, bin ich wieder zurück. Töte die beiden. Hörst du. Vielleicht wacht der da wieder auf und hilft dir.«

»Das Mädchen auch?«

»Ja. Nimm die Schrotflinte. Sie sind beide unbewaffnet. Und die Leichen läßt du im Sumpf verschwinden.« Ohne eine Antwort abzuwarten, ging Mandez eilig zur Limousine, die beim Eingang des Klosters stand. Der kleine bucklige Mann schaute dem Wagen nach, bis er im Grau des Nebels verschwunden war.

Mandez traute der Sache nicht.

Er parkte die Limousine in einer Seitenstraße der Pennerthon Road. Und wenn er noch besser aufgepaßt hätte, wäre ihm der alte Wolseley aufgefallen, der nicht weit entfernt am Straßenrand stand. Das war nämlich ein Dienstwagen von Scotland Yard, und zwar der von Inspektor Philander Dearborn.

Es war sein Boß, Mr. Homer Lynne, gewesen, der ihn angerufen und ihm mitgeteilt hatte, daß er den Plan, nach Frankreich zu reisen, kurzfristig aufgegeben hätte. Lynne hatte ihn gebeten, umgehend in sein Haus an der Pennerthon Road zu kommen und Careen Faver mitzubringen. Warum er nicht schon unterwegs nach Paris war, wie sie dies abgesprochen hatten, und weshalb er plötzlich das Mädchen bei sich haben sollte, wußte Mandez nicht.

Aber er war ein vorsichtiger und wachsamer Mensch. Er traute niemandem, nicht einmal Homer Lynne. Zuviel war in den letzten Tagen schiefgegangen.

Zweimal war er am Haus von Lynne vorbeigefahren, ohne daß ihm etwas Verdächtiges aufgefallen wäre. Schließlich rief er das Haus von einer Telefonzelle aus an. Eine Mädchenstimme meldete sich. Isabella nannte sich das Mädchen. Mandez verlangte Lynne zu sprechen, der wenig später an den Apparat kam.

»Ich bin da«, sagte Mandez nur.

»Gut«, sagte Lynne. »Worauf warten Sie, Señor Mandez. Ich erwarte Sie.«

Irgendwie kam ihm die Stimme etwas fremd vor.

»Ich habe Careen nicht mitgebracht«, sagte Mandez.

»Oh? Wieso nicht?«

»Es ist etwas dazwischengekommen.«

Für einen Moment schwieg Lynne. Dann forderte er ihn nochmals auf, sofort zum Haus zu kommen. »Ich muß dringend mit Ihnen reden! Es geht um die Sache in Marseille. Es könnte sein, daß Dryden mit der französischen

Polizei zusammenarbeitet. Man hat mich von Marseille aus angerufen.«

»Wer ist Isabella?«

»Ein neues Mädchen.«

Darauf sagte Mandez nichts mehr. Er hängte auf. Irgend etwas stimmte nicht. Er fuhr noch einmal am Haus vorbei. Dann parkte er die Limousine in einer Seitenstraße, ganz in der Nähe des alten Dienstwagens von Dearborn. Es war Nachmittag. Mandez schlenderte die Pennerthon Road hinunter am Haus von Lynne vorbei. Dann verschwand er in einer schmalen Gasse.

»Er kommt nicht«, sagte Leon Gonsalez, nachdem er den Hörer aufgelegt hatte. »Wir hätten Lynne mitnehmen sollen. Wahrscheinlich hat ihm meine Stimme zu denken gegeben.«

»Das glaube ich nicht. Sie ahmen Lynne perfekt nach, Leon.« Dearborn lugte durch eine schmale Spalte im Vorhang auf die Straße hinunter. »Ich bin sicher, daß er kommt. Zweimal ist er schon am Haus vorbeigefahren.«

»Jetzt zum drittenmal«, sagte Randy Rowley, der an einem anderen Fenster stand.

Leon erhob sich vom Polsterstuhl und ging zum Fenster. Er sah die Limousine sofort, die langsam die Pennerthon Road entlangfuhr. »Er ist mißtrauisch«, sagte Leon. »Er merkt, daß etwas nicht stimmt.«

»Irgendwann kommt er«, sagte Liza.

Nachdem die Limousine verschwunden war, vergingen zwei Stunden, ohne daß Mandez noch einmal gesichtet wurde. Dearborn ging ungeduldig im Raum auf und ab. »Er müßte längst hier sein.«

Niemand gab ihm eine Antwort. Leon Gonsalez las in einem der Bücher aus dem Regal.

»Die Sache ist ihm nicht geheuer«, sagte Randy Rowley. »Vielleicht ist etwas nicht wie sonst.«

Leon blickte auf. Ein Lächeln umspielte plötzlich seine Lippen. Er stand auf und legte das Buch auf den Schreibtisch. Langsam ging er zum Plattenspieler hinüber, der abgestellt war. Auf der Drehscheibe lag eine Langspielplatte. Leon betätigte den Starthebel. Die Platte begann sich sofort zu drehen. Der Tonarm hob sich, schwenkte nach innen und senkte sich, bis der Kristall die Platte berührte und auf eine Rille einfuhr. Aus den Lautsprechern kam für Sekunden ein kratzendes Geräusch. Dann ging es mit einem Paukenschlag los, und Inspektor Dearborn, der in der Mitte des Raumes stand und Leon zweifelnd zugeschaut hatte, zog unwillkürlich den Kopf ein, als der Kronleuchter über ihm zu wackeln begann. Der ohrenbetäubende Lärm drang aus allen Fenstern und durch die Wände hinaus, brauste über den Vorgarten und donnerte als Echo von den Mauern der anderen Häuser zurück. Wie eine tosende Flut wälzten sich die schmetternden Töne von Posaunen und Trompeten, das Grollen der Pauken und die wirbelnden Schläge der Trommeln durch die Pennerthon Road. Irgendwo da draußen, so vermutete Leon Gonsalez, würde Mandez die ihm so vertraute Musik hören. Und vielleicht gab sie ihm ein Gefühl der Sicherheit. Vielleicht verlor er jetzt sein Mißtrauen.

Leon hatte recht. Es war Liza, die den Mann zuerst bemerkte, der sich dem Haus näherte. Es war Mandez. Er hatte den Kragen seines Mantels hochgeschlagen und den Hut tief ins Gesicht gedrückt. Ohne zu zögern kam er den Kiesweg hoch auf den Haupteingang zu.

»Es gefällt mir nicht, daß er die rechte Hand in der Manteltasche hat«, sagte Dearborn. »Bestimmt ist da eine Waffe drin.«

»Schußbereit«, sagte Randy Rowley. »Der Kerl ist gefährlich.«

Liza wandte sich an Leon. »Soll ich ihm aufmachen?«

Leon nickte. »Wir tun alles, wie wir es besprochen haben«, sagte er so laut, daß sich sein Gesicht dabei rötete. Der Lärm im Haus war kaum zu übertönen.

Liza ging nach unten. Sie konnte das Läuten der Türglocke nicht hören, und so wartete sie einen Moment, bevor sie den Riegel hob. Sie tat, als wäre sie ziemlich durcheinander.

»Sie müssen Mr. Mandez sein«, stieß sie verstört hervor. »Oh, diese verrückte Musik. Es ist Mr. Lynne. Er hat die Geduld verloren. Jetzt befindet er sich oben, und als ich sein Zimmer betreten wollte, wies er mich hinaus. Was ist nur los mit ihm?«

Mandez kniff die Augen etwas zusammen.

»Sie sind Isabella, nicht wahr?« sagte er mißtrauisch.

»Ja. Wie Sie sicherlich wissen, wollte mich Mr. Lynne mitnehmen nach Frankreich. Aber plötzlich entschied er sich anders. Ich weiß nicht, was vorgefallen ist. Und diese Musik. Es ist furchtbar. Sie hätten früher kommen sollen.«

»Mr. Lynne liebt diese Musik«, sagte Mandez kalt. Er trat ein und blickte sich sofort nach allen Seiten um. An der Garderobe hing Lynnes Mantel. Außer dem Mädchen befand sich niemand im Flur. Das Haus war erfüllt vom Lärm, der aus Lynnes Zimmer drang.

Mandez packte Liza plötzlich am Arm. Sein Gesicht war jetzt wie eine Maske aus grauem Holz. »Kommen Sie«, sagte er, und er zog Liza mit sich die Treppe hoch. Vor der geschlossenen Zimmertür, hinter der sich Lynnes Arbeitszimmer befand, blieb er stehen.

»Machen Sie auf!« Er stieß Liza auf die Tür zu und zog eine Pistole aus dem Mantel. Liza war leichenblaß geworden. Zögernd griff sie nach der Türklinke und drückte sie nieder. Die Tür ging langsam auf, und Liza trat zur Seite, um Mandez einen Blick in das Zimmer freizugeben. Mr. Lynne saß am Schreibtisch. Allerdings hatte er sich vornübergebeugt, und sein Kopf ruhte in den Armen, die er auf den Schreibtisch gelegt hatte.

»Mr. Lynne«, rief Liza nicht sehr laut. »Mr. Mandez ist hier.«

Mandez trat ein. In diesem Moment verstummte die Musik. Mandez drehte sich jäh um, und er sah den Mann, der beim Plattenspieler stand. Der Mann hatte den Tonarm von der Platte gehoben. Für einen Moment herrschte Totenstille.

Dann stieß Mandez den Atem scharf durch die Nase aus. »Wer zum Teufel sind Sie?« fragte er gepreßt.

Der Mann beim Plattenspieler lächelte schwach. »Inspektor Philander Dearborn von Scotland Yard«, sagte er ruhig. Mandez fuhr herum und wollte sich an Lynne wenden, aber am Schreibtisch saß ein Mann, der gar nicht Lynne war. Der Mann trug eine von Lynnes Wollwesten, aber sonst hatte er mit diesem überhaupt nichts gemeinsam. Erst beim zweiten Blick bemerkte Mandez die Pistole, die der Mann auf ihn gerichtet hatte.

»Bitte lassen Sie Ihre Waffe fallen, Mandez«, befahl der Mann am Schreibtisch. Mandez stand für Sekunden wie angewurzelt in der Nähe der Tür, dann warf er sich herum, um nach dem Mädchen zu greifen, aber seine Finger griffen ins Leere.

»Ergeben Sie sich, Señor Mandez«, forderte ihn der Mann am Schreibtisch noch einmal auf.

»Niemals«, stieß der Verbrecher hervor. »So leicht kriegt ihr mich nicht!« Er stürzte durch die Türöffnung auf die Treppe zu. Und vielleicht wäre ihm sogar die Flucht gelungen, wenn nicht unterdessen Randy Rowley eine dünne Schnur über die oberste Stufe der Treppe gespannt hätte. Mandez stolperte und flog kopfüber die Treppe hinunter. Zweimal schlug er hart auf. Die Pistole fiel ihm aus der Hand, und als er endlich unten im Flur mit dem Schädel gegen die Wand krachte, hatte er weder Lust noch Laune weiterzumachen. Verkrümmt lag er auf einem teuren Perserteppich und starrte zur Treppe hinüber. Inspektor Dearborn kam fast gemächlich herunter. Seine Nase sah aus, als hätte er etwas Frost abgekriegt. Er beugte sich über Mandez und legte ihm die Handschellen an.

Vom oberen Stockwerk kam Musik. Tschaikowskys »Ouvertüre 1812«, auf Zimmerlautstärke eingestellt. Dearborn half Mandez auf die Beine. »So klingt das doch viel besser, nicht wahr?« sagte er. »Außerdem hätten die Nachbarn nie einen Grund zur Reklamation.«

Mandez war so benommen, daß er sich kaum auf den Beinen halten konnte. Randy Rowley, Liza und Leon Gonsalez kamen die Treppe herunter. Man konnte dem Gesicht des Jungen ansehen, wie stolz er auf den Erfolg dieser Aktion war. Er baute sich vor Mandez auf und tippe ihm mit dem Zeigefinger gegen die Brust.

»Wer sich mit dem Silbernen Dreieck anlegt, zieht meistens den kürzeren, du Schuft«, sagte er.

Mandez sah ihn verständnislos an. »Das Silberne Dreieck? Gehörst du Winzling etwa zum Silbernen Dreieck?«

»Ich nicht, aber der dort.« Randy zeigte auf Leon. »Das ist Gonsalez. Und der, den ihr im Halford Inn gefangengenommen habt, das ist George Manfred.«

»Der ist tot«, schnappte Mandez giftig.

»Nicht ganz«, grinste Randy. »Poiccart ist zum Kloster hinausgefahren. Weißt du, wer Poiccart ist? Das ist der . . .«

»Selbstverständlich weiß ich, wer Poiccart ist«, stieß Mandez wütend hervor.

»Dann ist es ja gut. Also, Poiccart ist zum Kloster hinausgefahren, und dort ist ihm ein kleines verhutzeltes Männchen begegnet, das dich aus tiefstem Herzen haßt, weil du einer Nebelkrähe das Genick umgedreht hast.«

»Das war keine Nebelkrähe. Das war Willard, der Rabe.«

»Hm, wer will denn jetzt noch so spitzfindig sein, Mandez. Auf jeden Fall hat er Poiccart verraten, wo George Manfred und Careen Faver zu finden sind. Außerdem will er als Kronzeuge gegen dich aussagen und natürlich auch gegen Lynne.«

»Er weiß von nichts«, schnappte Mandez.

»Du irrst dich, Poiccart hat uns am Telefon mitgeteilt, daß er redet wie ein Buch, obwohl man ihn dazu noch nicht einmal aufgefordert hat. Wenn das so weitergeht, reicht es für lebenslänglich, Mandez.«

Mandez wandte sich in einer hilflosen Bewegung dem Inspektor zu.

»Wer ist diese kleine Kröte überhaupt?« stieß er hervor.

Randy grinste breit. »Gestatten, mein Name ist Rowley«, sagte er. »Randy Rowley.« Randy drehte sich um und nahm Liza bei der Hand. Auf dem Weg zur Tür blieb er kurz stehen und schaute Dearborn an. »Ich gehe jetzt, Snake-Eye«, sagte er, und die Herausforderung in seiner Stimme war nicht zu überhören.

Der Inspektor und Leon Gonsalez wechselten einen Blick. Dann lächelte Dearborn schief. »Melde dich mal wieder«, sagte er aufmunternd.

»Bestimmt«, sagte der Junge. Dann verließ er mit Liza das Haus.

Wenige Wochen später wurde Mr. Homer Lynne der Prozeß gemacht. Alle Zeitungen berichteten darüber. Sogar im Ausland erregte der Fall Aufsehen. Die französische Polizei schloß mehrere Lokale an der Côte d'Azur, in Marseille, Paris und anderen Städten. Auch in Südamerika kam es zu polizeilichen Untersuchungen, und der große internationale Ring von Mr. Homer Lynne flog auf. Mehrere Dutzend Mädchen kehrten nach London zurück, die meisten von ihnen ohne Hab und Gut, aber mit schlimmen Erfahrungen.

Nur ein paar von den Stars, die Lynne betreute, stellten

sich der Presse. Unter ihnen Margaretta Estcourt, die inzwischen in Hollywood einen Film drehte. Ihr Name war in aller Munde. Sie hielt sich mehrere Tage in London auf, ohne jedoch Lynne im Untersuchungsgefängnis zu besuchen. Dafür nahm sie eine Einladung des Silbernen Dreiecks an. Poiccart bereitete ein zauberhaftes Dinner vor.

Mrs. Tripplestick fielen fast die Augen aus dem Kopf, als der große silbergraue Rolls-Royce vor dem kleinen Haus in der Curzon Street vorfuhr. Zur Überraschung von Mrs. Tripplestick entstieg George Manfred der Luxuslimousine. Er machte die hintere Seitentür auf und half Margaretta Estcourt und einem jungen hübschen Mädchen, das schon in allen Zeitungen abgebildet gewesen war, und von dem man sagte, daß es eine großartige Zukunft als Tänzerin habe, heraus. Dieses Mädchen war Careen Faver. Fröhlich hängten sich die beiden bei George Manfred ein, und Mrs. Tripplestick kamen bei diesem Anblick beinahe die Tränen.

Es war Poiccart, der ihnen die Tür öffnete. Er führte die Gäste die Treppe hoch in den Salon. Dort wurden sie von Leon Gonsalez, Inspektor Philander Dearborn, Randy Rowley und Liza erwartet. Dearborn stieg vor Aufregung das Blut in den Kopf. Nur seine Nase blieb wegen der Eisbeutelbehandlung schneeweiß.

Edgar Wallace

Nacherzählt von Alex Barclay

Band 1: Das Silberne Dreieck und Das Bilderrätsel.

Band 2: Das Silberne Dreieck und Der dritte Zufall.

Band 3: Das Silberne Dreieck und Der Tote im Park.

Band 4: Das Silberne Dreieck und Der Sänger in der Kirche.

Band 5: Das Silberne Dreieck und Die Dame aus Brasilien.

Band 6: Das Silberne Dreieck und Der wirkliche Mr. Drake.

Band 7: Das Silberne Dreieck und Der Mann, der zweimal starb.

Band 8: Das Silberne Dreieck und Die türkischen Vasen.

C. Bertelsmann Jugendbuch

Edgar Wallace

Nacherzählt von Alex Barclay

Band 9: Das Silberne Dreieck und
Das Geheimnis der Amelia Jones.

Band 10: Das Silberne Dreieck und
Der SOS-Scheck.

Band 11: Das Silberne Dreieck und
Die schwarze Hand.

Band 12: Das Silberne Dreieck und
Die Zahlenkombination.

Band 13: Das Silberne Dreieck und
Der musikalische Agent.

Band 14: Das Silberne Dreieck und
Der Herr im Frack.

Band 15: Das Silberne Dreieck und
Der leere Sarg.

Jeder Band 128 Seiten
für Jungen und Mädchen ab 10

C. Bertelsmann Jugendbuch